AV

PETER ROSEGGER

VOM FRIEDEN DES HERZENS

L. STAACKMANN VERLAG KG · MÜNCHEN

Eine Gemeinschaftsausgabe von L. Staackmann Verlag KG · München
und Österreichischer Agrarverlag, Wien

Gesamtherstellung: Wiener Verlag, Himberg bei Wien
ISBN 3-88675-036-1

Inhalt

Vorwort

Als erstmals der Titel „Höhenfeuer – allerhand Beleuchtungen mit Sternen und Laternen“ im Jahre 1913 erschien, dem die hier vorliegenden Betrachtungen entnommen sind, leitete der Verfasser das Werk mit nachstehendem Vorwort ein: „Der Mann, der dieses Buch geschrieben, steht abseits den Straßen, an einsamer Grenze, wo das Weltland aufhört und das Waldland anhebt. An dieser Grenze zwischen Kultur und Natur ragt aus üppigem Erdreiche ein Apfelbaum, dessen laubloser Wipfelzweig wie ein Kreuz aufstrebt über der grünen Krone. Adam und Christus, das sind die Pole des Buches. Zwischen diesen Polen liegt allerlei Menschliches, das hier beleuchtet werden soll mit Sternen und Laternen – Mit Hochfeuern des Ewigen, mit Lichtern des Alltags. Etliches mag vielleicht selbst als Wahrzeichen und Leuchte dienen.

Was das Buch auch bringt, dem Leser wird nichts fremd sein, er hat alles schon geahnt, das meiste schon empfunden, vieles davon durchlebt, manches bei sich gedacht und einiges vielleicht auch ausgesprochen. An mancher Seite wird er sagen: Das bin ich! An manch anderer Seite wird er sagen: Das bin ich nicht! – Ist er's, so gibt's ja ein frohes Wiedersehen, und ist er's nicht, so ist's ein anderer der zahllosen Adamssöhne. Jedenfalls will der Verfasser dieses Buches ein guter Kamerad sein, der brüderlich über Menschliches plaudernd und wohl auch menschlich irrend mit dem Freunde die Pilgerstraße wandert. Glück auf dem Weg — dem Buche und dem Leser!"

Die Grundüberzeugung des Verfassers auf dieser Wanderung ist eindeutig. Er hat sie an anderer Stelle, in seinem Werk „Mein Himmelreich", einmal so formuliert:

„Jedem der Himmel, den er verdient. Das ist längst gesagt, und ich setze hinzu: Jedem ein Himmel, wie er ihn wünscht. So verschieden die menschlichen Anlagen, Wünsche und Erfüllungen in diesem kleinen Leben sind, so verschieden werden sie in Dingen der Ewigkeit sein. Um wieder ganz erbmenschlich zu sprechen: Der Bauer wird wirklich dort die beste Feldfrucht ernten, der Sanftmütige den süßesten Frieden finden, der Freund des Schönen die höchste Schönheit schauen und der Liebende die reinste, seligste Liebe genießen. Jeder suche seine Fähigkeit und Vorzüge nach aller Möglichkeit zu vervollkommnen, und seine Vollkommenheit wird sein Himmel sein.

In unserer Spanne Zeit wird diese Vollkommenheit nicht erreicht, weil sie die wenigsten wünschen. Aber durch ein treues Wollen und unausgesetztes Bestreben nach ihr müßten wir ihr näher kommen von Stufe zu Stufe, von Leben zu Leben."

Liebe und Ehe

Die Frauen sind gute Wesen, denn man kann sie heiraten, und man kann sie auch sitzenlassen. Und noch am besten sind sie im Zustande zwischen Geheiratetwerden und Sitzenbleiben, da sind sie am allertreuesten und am allerlieblichsten. Pädagogisch ist es daher, diese Schwebe möglichst zu verlängern, damit die Tugenden sich befestigen können.

Du fragst, mein Freund, was ich dir rate, die Liebe oder die Ehe? Beides, aber nicht hintereinander, sondern nebeneinander, ineinander. Übrigens wundert es mich, daß du so weit über die Weiber hinaus bist, um an das Heiraten zu denken. Was beim Heiraten die Wahl betrifft, so warne ich dich aber vor der Liebe. Aus Haß wirst du ohnehin keine nehmen. Leidenschaftliche Liebe ist der gefährlichste Ehewerber. Sehr unrecht tun die Dichter, die in ihren Romanen das erstbeste Liebespaar aneinanderkuppeln. Bei den Männern kommt die Liebe bisweilen eher als der Bart; und wie sich mancher Jüngling rasiert, um einen Bart zu bekommen, so küßt er das Mädchen, um verliebt zu werden. Es ist eine künstliche Blumenzucht im Glashause, aber es gibt hübsche Rosen. Und ist der Jüngling in ein Backfischchen verliebt, gleich will er solches auch zu seinem Weibe haben, falls er ein guter Junge ist. Und gerade um einen solchen wäre es schade. Sind keine Verhältnisse, die ihn daran hindern, keine Freunde, die ihm davon abraten, so nimmt er die erstbeste. Und kann verloren sein.

Aus der Liebe allein besteht die Ehe nicht. Die Liebe – du weißt schon, welche ich meine – ist bald fett, dann willst du nicht bloß eine schöne, sondern auch eine gute Frau haben, eine kluge Frau haben, eine treue Frau haben, und alle Tugenden, mit denen du deinen Idealmenschen ausstattest, die soll deine Frau haben. Heiratest du bloß aus Liebe, so ist dein Weib wöchentlich nur zweimal gut, nur zweimal klug, vielleicht auch nur zweimal treu und nur zweimal ein Ausbund aller Vorzüge.

Die Liebe, meinst du, sei das Jawort der Natur. Aber Freund, die Natur sagt bald: Ja, die Natur ist eine Kupplerin, sie ist für Vielweiberei; sie will nur eine recht große Auswahl von Lebewesen erzielen, mit denen sie weiter wirtschaften kann – und wie es einem durch sie rasch zusammengesprengten Ehepaare später geht, danach fragt sie nicht. Begegnest du, vierundzwanzigjähriger Knabe, im Mai einem zwanzigjährigen feinen Mädchen, und es lacht dich an, und es ist kein Gegenpart in der Nähe, so sagt die Natur auf der Stelle: Ja. In einigen Jahren darauf, wenn du zu Hause ein krankes Weib und eine Schar kleiner Kinder hast, kann es passieren, daß du im Mai an der nämlichen Stelle, oder auch an einer anderen, wieder einem lachenden Mädchen begegnest; die Natur tut ihren Rachen auf und schreit mit aller Macht: Ja! Und wenn du sie fragst, die „heilige, göttliche Natur", ob du die Kranke verlassen und die Gesunde nehmen sollst, so lispelt sie: Ja.

Wenn du eine heiraten willst, so denke, daß du in der einen drei Weiber heiratest: eine junge, eine betagte und eine alte, falls eine oder zwei nicht früher sterben. Du heiratest ein Weib und eine Mutter und eine Ahne; du heiratest eine Ehefrau, eine Hausfrau, eine Freundin – aber auch das Gegenteil. Du heiratest in der einen eine Menge Leute, die du noch nicht kennst. Du heiratest nicht für heute und morgen, sondern für dein Lebtag und für alle Lebenslagen. Nimmst du eine, weil sie viel Liebe hat, so kann es sein, daß sie von ihrem Überflusse auch andere beteilt. Ist sie aber klug und treu, so hast du sie nicht allein am Hochzeitstage, sondern auch an deinem Krankenlager, in deiner Armut, in deinem Alter. War sie schön allein, so wird sie einmal häßlich, aber ein gutes, treues Weib ist waschecht.

Wenn ich dir rate: Lerne sie kennen, bevor du sie nimmst, so ist das ein Rat, mit dem du dir die Zigarre anzünden kannst – ein billiger Fidibus. Vor der Hochzeit zeigt das Weib nur seine Etikettvignette, und wenn es dir später von seinem Inhalt einschenkt, so wirst du aus dem – Kelch trinken. Du weißt, was Kelch bedeutet.

„Geht's nicht, so kann man sich scheiden lassen!" heißt es. Freund, dieser Rat ist noch weniger wert als ein Fidibus. Zwei Leute können auseinandergehen, das ist bald gesagt und getan. Nachher aber steht jedes für sich in einer Wildnis. Jedes ist gleichsam ausgeschlossen aus den Normen der Gesellschaft, aus der Hut des Gesetzes, und der Fluch kommt auf die Kinder. Das Größte, Glückseligste, was die menschliche Kultur erfunden hat, ist die Ehe, das innigste, unauslösliche Beisammenleben zweier Menschen verschiedenen Geschlechtes, die sich gern haben. Aber auch

Gräßlicheres hat die Kultur nicht erfunden als die Möglichkeit, zwei einander nicht verstehende oder gar feindselig gesinnte Personen auf Lebelang aneinanderzufesseln. Nicht müde werden sie, einander zu peinigen, und die Wonne des einen besteht darin, dem anderen Leid zu machen. Jahrelang magst du mit liebendem Herzblut die dir zugefügten Qualen zu löschen suchen, endlich aber ist deine Natur vergiftet. Je heftiger du an der Kette zerrst, je mehr zerfleischest du dir das Herz. Andere wirst du lieben und wirst nicht zu ihnen können; andere wirst du hassen, aber kein Haß wird so groß sein wie der zum angetrauten Lebensgenossen. Zu Tode gequält sinkt endlich das eine hin, da jubelt das andere auf, doch das Verhängnis der unseligen Ehe verfolgt vielleicht auch den Überlebenden bis zu seinem Tode – in böser Reue.

Oder weniger tragisch, aber vielleicht um so trauriger: Untreue hebt man auf durch gegenseitiges freiwilliges Gewährenlassen! Das ist das saubere Prinzip der modernen Ehe. Damit ist auch alles innere Glück aus dem Hause gewichen; ein stummer Groll greift Platz, der nur notdürftig mit dem Firnis einer gewissen Höflichkeit überdeckt wird; das Heim ist eine trostlose Öde geworden, der unangenehmste Aufenthalt für beide.

Also wie? Ich warne vor der Ehe? – Ja, eine Ehe unter heutigen Umständen ist bedenklich. Das Weib hat Emanzipationsgelüste, will Mann sein. Mann ist der Mann aber selber, wozu sollen zwei Männer zusammenheiraten! Ein Schnurrbart auf der weiblichen Oberlippe, und wäre es auch nur ein moralischer, gefällt uns nicht. Ein Weib, welches das Kind säugt und zugleich an dem eigenen Schnurrbart trutzige Hörnlein dreht — welch ein hübsches Bild! Übrigens seit wann säugt die moderne Frau ihr Kind? Dieses wird mit der Milch des Pöbels genährt, und die hochwohlgeborene Mutter bildet sich mehr ein auf den Sattel am Hintern als auf die Mutterbrust.

Noch schlimmer jedoch, mein lieber Freund, als der Sattel, ist am Weibe der Geldbeutel. Das reiche Weib eines armen Mannes! Ja, eines armen Mannes! Daß er das Haupt der Familie ist und für sie verantwortlich, daß er die Ehre des Hauses schützt, daß er arbeitet, arbeitet — es ist nichts, sie hat Geld zugebracht, und daraus ist ein goldenes Hauskreuz geschmiedet worden. Kein Geizhals büßt in der Hölle sein Geld so schwer wie der arme Ehemann seine reiche Frau. Ihr Herz ist versilbert, kalt, hart, wechselbar!

Hast du schon genug oder darf ich dir noch einen guten Rat geben? — Wählest du eine, so sei nicht ihr erster! —Du starrst mich beklommen an, ob ich wohl bei Troste bin! Das bin ich und will sogar den trösten, der etwa nicht der erste war. Er wird um so sicherer der letzte sein. Die Frau ist nicht so sehr sinnlich und lüstern, als vielmehr neugierig. Hat sie fremden Zwieback gekostet, dann bleibt sie beim Hausbrot. Kapriziere dich nicht gerade ums Herrenrecht; fiel es dir aber zu, dann sei wachsam, daß du über dein Recht Herr bleibst. Bewache sie nicht wie ein knurrender Kettenhund, der schließlich, wenn der Dieb kommt, doch nicht los sein kann; mit allen Liebes- und Freundschaftskünsten sollst du sie bewachen, dann ist es nicht ganz unmöglich, daß du der erste und auch der letzte bist. Was dazwischen liegt, bleibt eine offene Frage.

Und nun habe ich dir die Hölle, das heißt die Ehe, heiß gemacht. Du bedankst dich für meinen guten Rat, der darauf hinauskommt, eine Häßliche, Alte, Altmodische und Arme zu heiraten. Nimm von meiner Weisheit halt was du brauchst, ich selber wäre der letzte, der sie befolgte. In Sachen der Weiber gebe ich gern guten Rat, den allerbesten aber, den behalte ich für mich selber.

Von der Ehe komme ich nun auf die Liebe. Ein umgekehrter Weg; allein, würde ich zuerst die Liebe behandelt haben, so hätte dir das zwar Spaß gemacht, wärst mir aber noch vor der Ehe davongelaufen.

Die Liebe pflegt man — selbst die freie — in gebundener Rede zu behandeln, denn es ist das ein Ding, bei dem sich, abgesehen von „Liebe und Triebe", alles von selbst reimt. Und doch ist es schwer, etwas Besonderes über ein Thema zu fragen, das in allen Sprachen beredet, in allen Tönen besungen und mit allen Lippen geküßt worden ist.

Das Intimste von der Liebe hört nur der Beichtvater. Willst du, Freund, mein Beichtvater sein? Ich bin ein armer Sünder und will Menschliches menschlich zu dir sagen. Ich sage, was ich von mir weiß; vielleicht findest du in mir dich selber, das wäre ein Hauptspaß!

In meiner Kindheit bin ich wahrscheinlich musterhaft gehütet worden. Die Liebe grassiert auf dem Lande noch fast gewaltiger als anderswo. Durch Sprichwörter, Lieder,

Vierzeilige, durch Gespräche in allerlei Zweideutigkeiten werden die Liebesbazillen verbreitet, daß sie in allen Spalten der Häuser, in alle Poren der Leute dringen. Selbst in den Fugen der Wiege will man schon Liebesbazillen entdeckt haben. Ich kannte die Liebe frühzeitig, vom Hörensagen, mißverstand sie aber fleißig. Die Nächstenliebe, wie sie im Buche stand, verweltlichte ich ein wenig, machte daraus eine aufrichtige Zuneigung zweier Leute, treue Gesinnung des einen zum anderen, manchmal ein heiteres Schäkern – und fertig war's. Liebten Vater, Mutter, Kinder, Geschwister doch gerade so. Über den besonderen Gehalt der Liebe, von der hier die Rede ist, bin ich ungebührlich lang im unklaren geblieben; schon die Soldatenlänge hatte ich, und im Herzen immer noch keinen richtigen Amorspfeil.

Wenn von Liebe die Rede ist, muß man sich ja nicht allemal gleich das Äußerste vorstellen. Selbst in von mir so oft erzählten Liebesgeschichten aus Dorf und Wald ist es erlaubt, an sittliche, vergeistigte Liebe zu denken. Aber so ist es halt; aus den gedruckten Zeilen spricht der Verfasser heraus, in die Zwischenzeilen dichtet der Leser sein eigenes Wesen hinein.

Oh, wie ist das anders, als ich mir's in grüner Jugend gedacht! Wenn es heißt: „Die beiden lieben sich" oder „sie haben miteinander ein Verhältnis", oder man spricht von „galanten Beziehungen", so wird man kaum im Zweifel sein dürfen darüber, um was es sich handelt. Wenn man von Liebe spricht, meint man nicht sowohl dieses als vielmehr jenes. „Jene“ Art von Liebe hielt ich aber für etwas Unlauteres, Unerlaubtes, wie z. B. eine Unreinlichkeit, eine Zuchtlosigkeit oder gar einen Diebstahl. Man kann diese Auslegung gelten lassen, sich danach verhalten, und doch leidlich zurechtkommen. Die sogenannten „Forderungen der Natur“ braucht man nicht so ernst zu nehmen. Fischblut hat freilich der Mensch nicht, allein ein bißchen Selbstzucht steht jedem wohl, und manchmal ist es tapferer, geistig Mann zu sein als leiblich.

Merkwürdig ist es schon, daß die Leute in einer so wichtigen und seit Urzeiten her bekannten Sache noch immer nicht einig sind. Man sollte meinen, es sei für alle Ewigkeit ausgemacht, wie man's in der Liebe zu halten hat. Wie weit gefehlt! Die einen halten Liebe für ganz verboten; ein Mensch, der aus irgendeinem Grunde nicht heiraten kann, soll sein Lebtag nicht lieben. Geht das? Die Natur antichambriert lange, läßt sie sich aber gänzlich abweisen? Wenn nein, wer hat die Stirn, dem Menschen seine Natur zu verbieten? Wenn ja, warum gibt es keinen normal gearteten Mann, der in seinem fünfzigsten Jahre sagen kann, er kenne kein Weib? Ich bin der Meinung, daß es auf anständige Weise nicht möglich ist, ohne Liebe durchs Leben zu kommen. – Die anderen wieder entschuldigen in der Liebe alles. Nur das Dekorum wollen sie wahren. Wozu aber ein Dekorum, wenn die Sache gar so unschuldig ist!

Wie also stehen wir?

Im menschlichen Kulturleben ist keine Frage so schwer zu lösen als die der Liebe. Nach unseren heutigen Richtungen scheint es gar nicht zu gehen. All unsere Bestrebungen und Handlungen hierin sind voll von groben Widersprüchen. Da gilt z. B. in manchen Kreisen die Liebe zwischen ledigen Personen nicht als anständig, der Ehebruch aber als guter Ton. Nur gesellschaftliche Fatalitäten will man vermeiden. Das Verbrechen jedoch, welches an dem betrogenen Teile begangen wird, die Falschheit und Entsittlichung, welche damit im Eheleben gezüchtet wird und die ganze Familie vergiftet, achtet man für nichts. „Man hebe die Unverletzlichkeit der Ehe auf, verpflichte den Genießenden, dann sind die Vorteile der Schmarotzertiere vereitelt und die Ehe stünde wenigstens so ehrlich wie die freie Liebe!" Es muß verdammt weit gekommen sein, wenn man einmal solche Vorschläge hört. – Freund, entschuldige doch, daß ich schon wieder bei der Ehe bin! Flugs zurück zur freien Liebe!

Beobachte einmal das Allwalten der Liebe in Gesellschaften, wo Personen beiderlei Geschlechtes beisammen sind. Es ist ein anmutiges, herziges, freches, brutales Spiel! Hier geht es zärtlich, schelmisch zu, da geleckt und dumm, dort pöbelhaft und tierisch. In den Stadtgesellschaften fiel mir lange die eigentümlich animierte und eigentümlich nichtssagende Unterhaltung auf zwischen Damen und Herren. Hier dreiste Rechthaberei und plötzlich wieder artiges Nachgeben, dort eine kleine Bosheit und gleich daneben eingesprenkelte Galanterie, dann eine Schwenkung ins allgemeine; nebensächlich wieder ein lahmer Witz, darauf schalkhaftes Kichern; und immer Geplauder, wobei man das Gefühl hat, als würden durch unbestimmte Gespräche bestimmte Gedanken verborgen und als gucke jedes lüstern nach den verborgenen Gedanken. Ich wunderte mich über die Unbehilflichkeit und das Unvermögen sonst geistig gesunder Leute, gesprächlich bei der Sache zu bleiben und solche in gründlichem Ernste abzuwickeln. Erst später bin ich daraufgekommen, daß solche Unterhaltungen nichts sind und sein wollen als eine Schnepfenjagd des Amor. Und ist die Beute erst gefangen, dann tritt an die Stelle zärtlicher Tändelei die Elementargewalt, und es gibt Glück oder Unglück.

Die Liebe ist als solche weder gut noch schlecht, weder schön noch häßlich. Unlauter wird sie durch Lüsternheit oder Frömmelei; unschön durch ausschließliche Sinnlichkeit. Der eine Professor sagt: die Liebe ist etwas Unästhetisches; der andere sagt: nichts Schöneres gibt es für unser Auge als den menschlichen Leib. Welcher von beiden Herren ist der Keusche? Ja, schön ist er freilich, der menschliche Leib! Aber er könnte schon gestaltet sein wie immer, so fände er bei dem gegenteiligen Geschlechte seine Verehrer. Perfide ist es nur von der Natur, daß sie in diesen Stücken scheinbar so viel Freiheit gibt, um uns dann für unsere Handlungen oft so hart verantwortlich zu machen. Und tut doch mit uns, was sie will.

Eigentümlich ist es auch, daß die Natur selbst sich gleichsam der Liebe schämt. Erstens hat sie derselben einen sehr versteckten Platz angewiesen im tiefsten Winkel des Herzens. Dann hat sie der Liebe scheinbar andere Funktionen zugeteilt, den Schönheitskultus, die Kindesliebe. Endlich ist dem Menschen ein Schamgefühl beigegeben, welches – trotzdem es seit dem Bestehen des Menschengeschlechtes fortwährend verletzt und zerstört wird – immer noch nicht zugrunde gerichtet ist. Oft habe ich darüber nachgedacht, was die Natur mit diesem Schamgefühl eigentlich bezwecken wolle. Bei den Tieren hat dessen Mangel keine für dieselbe Art schädliche Folge. Bei den wilden Völkern soll es ja auch nicht vorhanden sein. So wäre das Schamgefühl ein Produkt der besorgten Kultur, und zwar vielleicht daraus entstanden, daß man – weil Verbote nicht fruchten wollen – den Gegenstand als häßlich und verabscheuungswert erklärte. Des Abscheulichen schämt man sich, und besonders bei dem Schönheitssinne und der Eitelkeit der Frauen mußte sich gerade bei diesen das Gefühl tiefer ausbilden. Wer weiß übrigens, ob die Liebe so viel Zuspruch hätte, wenn sie durch den Deckmantel nicht fortwährend interessant gemacht würde! –

Nein, für Poeten sind das keine Gedanken, besser und richtiger gesagt wird folgendes sein: Die Fortbildung des Menschengeschlechtes ist etwas so Heiliges, so Geheimnisvolles, daß in dem Menschen vor diesem Heiligtume Ehrfurcht entsteht und das unwillkürliche Bestreben, es zu hüten, es keinem unberufenen Auge auszusetzen. Es gibt tatsächlich auch noch viele Menschen, selbst Männer, die den Segen eines hochentwickelten Schamgefühles besitzen. Der „vorurteilslose" Sohn unserer Zeit begreift es freilich nicht, wie ein Mensch durch ein ethisches Gefühl – es ist ein solches ! — verhindert sein können, seinem Liebesverlangen dreist nachzukommen. Im ganzen jedoch ist es nicht so schlimm. So wie es „Tugendhelden“ gibt, die mit allen Lüsten und Listen vertraut sind, kennt man andrerseits auch Männer, welche für die leidenschaftlichsten und glücklichsten Liebeshelden gehalten werden, die es in der Tat aber gar nicht wagen, einem weiblichen Wesen nahe zu kommen, teils aus Schamgefühl, teils aus Achtung vor den Frauen, teils freilich auch aus Zweifel, erhört zu werden. Ich leugne nicht, daß bei mir nebst diesen Gründen auch noch der der Gewissenhaftigkeit in engerem Sinne gewirkt hat. So hilft manche Kraft mit, die Keuschheit zu bewahren, und das schamhafte Erröten eines sechzigjährigen Mannes kann ebenso natürlich sein als das der achtzehnjährigen Jungfrau.

Die Schuld an dem größten Teile des menschlichen Unglückes und Elends trägt die Liebe. Ihre Leiden sind unendlich an Mannigfaltigkeit, unbeschreiblich an Tiefe. Muß das so sein? Ist nicht vielleicht unsere frevle Auffassung, der Mißbrauch der Liebe daran Ursache?

Wie ungleich fällt das Los! Die Herren der Schöpfung haben es im ganzen so eingeteilt, daß der Mann vom Brote die Butter nascht, das Weib aber die harte Rinde kauen muß. Schon die Natur hat das Weib benachteiligt, die Gesellschafts tut's noch mehr. Beim Weibe ist Schande, was beim Manne Ehre ist. Der Mann wird als Sieger gefeiert, das Weib als Gefallene verhöhnt. Der ehrsame Bürger schmunzelt in seinen Bart, wenn er gewahrt, daß sein Sohn ein galantes Verhältnis hat. Wehe aber seinem Töchterchen, wenn es verführt wird! Natürlich bei der Tochter steht die Zukunft auf dem Spiele; daß der Sohn ausgeht, um die Zukunft anderer zu zerstören, daran denkt der Ehrenmann nicht. Nach „nobler" Auffassung haben Liebe und Ehe gar nichts miteinander zu schaffen, und Treue ist bloß noch in der freien Liebe gebräuchlich. Nur der arme Mann macht aus der Not eine Tugend und liebt richtig und ganz genau dieselbe, welche er geheiratet hat.

Aber noch schlimmer verkennt man die Liebe.

Sehr oft und nicht ohne Befremden hörte ich die Behauptung aussprechen, der höchste Vollgenuß, dessen das Leben fähig ist, wäre für das Individuum das Sinnlichste an der Liebe. O arme Seelen, die so sprechen! Daß sie ihr Glück, ihre Ehre, ihre Gesundheit, oft ihre Existenz an etwas setzen, welches für das sittliche Dasein des Menschen keinen Wert hat, und welches sie als Eber, als Gimpel oder als anderes Tier ebensogut haben könnten! Die Befriedigung der Liebe ist Naturgenuß, wie jeder andere, den Blut und Organe verlangen. Habe ich Hunger, so ist Essen der höchste Vollgenuß des Lebens; bei gegenteiligem Bedürfnisse kommt – wie Zyniker behaupten – die Befriedigung desselben mindestens dem physischen Behagen der Liebe gleich. Wenigstens ist sie noch notwendiger.

Ich will die Wonne der Liebe nicht unterschätzen, noch viel weniger sie verachten; allein, das muß ich sagen: Den Vollgenuß des Lebens finde ich nur in der glücklichen Ausübung eines edlen Berufes. Freilich denke ich da nicht an den Holzhauer, der sein Leben berufsmäßig mit Blockspalten betätigt; denke auch nicht an den Bürokraten, der im Kanzleistaub sein Lebensideal erblickt; ich denke besonders an die Betätigung geistiger Fähigkeiten.

Wer sein höchstes Glück in der sinnlichen Liebe sucht, der ist furchtbar betrogen. Keine Freude verlischt so plötzlich als diese, keine macht in so vielen Fällen unabsehbaren Enttäuschungen, Schmerzen, Verirrungen und sogar Verbrechen Platz, als die Liebe bei dem, der sie nur nach der Sinnlichkeit bemißt. Nein, ihr Wert muß anderswo liegen. Nun, aber wo? Da wir sie als den höchsten Genuß bestritten, als Laster an sich nicht gelten lassen, so müssen wir die Liebe zur Tugend erheben.

Und gewiß, in der Liebe – auch in der sinnlichen – liegt ein ethisches Moment. Im groben Eigengenuß liegt es freilich nicht, auch nicht in der Bemäntelung, als wolle man ihr nur den großen Absichten der Natur entsprechen. Ein Verliebter kümmert sich um keine großen Absichten der Natur. Der Liebesgenuß ist nicht auf den einzelnen berechnet, sondern auf eine Doppelfreude. Die Mitfreude der geliebten Gegenperson kommt zu dir zurück als seelischer Genuß, der deinen eigenen physischen übertrifft. Vorausgesetzt ist also, daß du die Gegengenossin lieb habest ihrer selbst willen, dann wird der ihr vermeinte Genuß dich wahrhaft beglücken. Nur in dieser Doppelbeziehung, in welcher eines sich dem anderen zum Freudenopfer gibt, liegt die menschliche Größe der Liebesfreude.

Weil die Liebe auf zwei Personen sich gründet, so verstehe ich nicht, wie jemand eine Person lieben kann, die ihm keine Gegenliebe bringt. Mir ist es unmöglich, auch nur zu denken, daß ich eine Person lieben könnte, die mich nicht liebt. Die wahre Liebe, meine ich, fängt in der anderen Person an und hört in der anderen Person auf; sie ist eine Art von Nächstenliebe. Ich liebe nur die, welche ich durch mich glücklich mache.

Bestimmend im vorhinein wird mir jene Liebe, welche sich als Mitgefühl äußert. Kaum ein anderes Gefühl zieht dich so mächtig zum anderen als das Erbarmen, und gerade in Mitleid gekleidet schleicht zuerst die Liebe an, wenn sie die rechte ist.

Die Liebe zwischen Mann und Weib in diesem Sinne aufgefaßt und empfunden, wird nicht mehr so viel Leid bringen in die Welt. Ich schließe mich unter allen Umständen jenen an, die auch in der irdischen Liebe den Geist Gottes spüren, und welche die sinnlichen Freuden durch seelische Liebe adeln. Wenn diese seelische Liebe in vollem Maße vorhanden ist, wachsen alle Genüsse, sie bleiben beständig, und das Verlangen nach unauflöslicher Vereinigung wird von selber wach. Falsche Liebe fürchtet die Ehe, echte sucht sie, ja echte Liebe ist schon aus sich selbst ein im Himmel geknüpftes Band, das nur der Tod zerreißt.

Wie sollen wir mit unseren Kindern sein?

Das Kind ist ein Buch, aus dem wir lesen und in das wir schreiben sollen.

In den Wäldern ist einmal ein Zauberer umgegangen, der die Bauern in nicht geringe Aufregung gebracht hat. Er trägt ein Buch mit sich, das hat ganz weiße Blätter, aber wenn der Mann ein Blatt davon an seinen Mund hält und Worte darauf hinhaucht, so werden dieselben in leserlichen Schriftzeichen sichtbar, als wäre sein Atem eine Schreibfeder. Ich komme darauf, daß die Worte schon früher mit einer Flüssigkeit geschrieben worden sind, welche keine bemerkbare Farbe auf dem Papier lassen und erst durch den Atemhauch erwärmt, dunkel hervortreten.

Ein solches Buch sind die Kinder. Gleichgültige Augen entdecken an ihnen nichts Bemerkenswertes, erst wenn man ihnen mit dem warmen Hauch der Liebe naht, treten die Zeichen hervor, die uns oft überraschen, entzücken oder erschrecken. Und zum großen Teile liegt es an uns, welche Zeichen wir hervorrufen.

Aber das ist auch zu sagen: die persönliche Eigenart muß Rücksicht erfahren. Dieselbe ist bei Kindern wohl noch nicht groß, aber sie ist da; wir mögen sie, die schmiegsame, an die unsere schmiegen bis zu einem gewissen Grade, aber ihrem Kerne, wenn er einmal entdeckt ist, müssen wir Rechnung tragen. Ich muß sagen, daß ich eine gewisse Scheu gegen manche Erziehungsanstalten habe, sie gleichen und ebnen alles und liefern Alltagsmenschen, mit denen sich ganz gewiß am besten Gesellschaft und Staat bauen läßt, wie man ja auch am bequemsten mit Backsteinen Häuser baut. Aber aus besonderen Verhältnissen folgerichtig hervorgewachsene Charaktere, kernhafte Urbilder wären mir unter Umständen lieber. Ein Schleifstein paßt nicht für alle Messer; der Mensch lernt mehr im Leben als in der Schule.

Wir müßten bei mancherlei, was wir an Pflege, an Spielen, Sitten und Unterricht bei dem Kinde anwenden wollen, prüfen, ob dasselbe wohl mit seiner Natur, mit den Verhältnissen, denen es entgegengeht, mit den Ansprüchen seines künftigen Berufes im Einklang stehe. Achte man doch die Kindheit; manches in ihr halten wir — danklos auf unser eigenes Kindesglück vergessend — für unvernünftig und unsinnig, was eigentlich für die Kleinen ein hohes Gut ist, das sie ohnehin zu bald verlieren und nicht mehr finden werden.

Ich bin nicht einverstanden mit dem Rate jenes Denkers, daß sich die Eltern von ihren Kindern erziehen lassen sollten, obwohl ich zugebe, daß wir mancherlei von den Kleinen lernen können, was in keinem Buche der Weltweisheit steht. Die Kinder scheinen ja für einen Himmel geboren zu sein, denn ihre jungen Sinne sind eingerichtet, lediglich zu genießen. Für diese Erde, in die sie sich denn nun doch schicken müssen, haben wir sie zu erziehen. Nur nicht zu voreilig. Lassen wir die kleinen Herzen sich stärken an kindlicher Lust, sich erwärmen an Weltglauben und

Gottesglauben, denn sie werden diese Stärke und diese Wärme brauchen können, wenn einst manches um sie zusammenstürzt und kalt wird. Der Gottesglaube wird sich verwandeln und vergeistigen; legst du aber — du Lehrer einer neuen Schule — in das wachsende Gemüt den Gottesglauben nicht, so wird in dem Erwachsenen der Glaube an das Göttliche — das Ideale — nicht Raum finden. Wer einmal mit ganzem Herzen vor dem Kreuze gebetet hat, der wird des Anbildes von der Liebe und Selbstaufopferung nicht mehr los. Wer als Kind nicht Ewigkeitsgedanken hat, der wird sein ganzes Leben nicht in großen Linien denken können. Wer einmal geschwärmt hat im süßen Kultus der Mutter des Heilands, wer geschauert hat vor der Auferstehung der Toten und der ewigen Glorie der Himmel, der, meine ich, müsse für alle Zeit gefeit sein gegen den Dämon der Verneinung und freudig glauben an den endlichen Sieg des Guten und Schönen.

Die menschliche Zufriedenheit oder Unzufriedenheit hängt zum großen Teile von der Weltanschauung ab. Die Welt ist für uns so, wie sie durch unsere Sinne in unsere Seele geht. Um die Wahrheit an sich handelt es sich hier nicht, sondern ums Glück, oder näher, um die Zufriedenheit. Nach Wahrheit an sich jagen nur jene, die entweder an dieser Jagd oder an dieser Beute Befriedigung finden oder zu finden wähnen.

An unserer eigenen Weltanschauung läßt sich nicht viel ändern, unser Auge ist seine Brille gewohnt, diese möge dunkel oder rosig sein. Das Kind aber, welches uns Vater nennt, obwohl es noch nicht weiß, wieso wir ihm verantwortlich sind, blickt mit hellem Auge fragend in die lichte Welt und blickt fragend uns an. Welche Gläser werden wir ihm geben — rosige? Schattige? Vergrößernde? Verkleinernde?

Kinder tragen keine Brillen! Sagt mir darauf neulich jemand, man möge ihnen gestatten, mit ihrem natürlichen Auge diese Welt anzusehen.

Da denke ich wieder anders. Auch der Zigeunerjunge auf der Heide sieht mit seinem natürlichen Auge die Welt an. Hungert ihn, so nimmt er, was ihm am nächsten liegt, er weiß nichts von mein und dein. Unsern Kindern Unterricht und Erziehung: Der Unterricht sage ihnen, wie die Welt nach unserer Erfahrung ist, die Erziehung zeige ihnen, wie sie der Welt gegenüberzustehen, wie sie dieselbe auf sich wirken zu lassen haben. Man könnte einwenden, das Wesen der Welt bedinge die Weltanschauung von selbst, eine Sache könne doch nicht anders genommen werden, als sie sei. Ich antworte: die Beschauung eines Dinges hängt ganz vom Standpunkte ab, auf dem der Beschauer steht. Es ist vom Menschen einmal nicht zu verlangen, daß er sich selbstlos über sich und die äußere Welt stelle, denn das Auge, mit dem er schaut, das Gehirn, mit dem er denkt, ist allzu menschlich.

Der Standpunkt, von dem aus wir sehen und betrachten können, ist wählbar; die Farbe, durch die wir die Welt anschauen können, ist ebenfalls zumeist wählbar; nur früh genug muß die Wahl getroffen werden. Kinder, sobald sie sich ihres Daseins und ihrer Umgebung bewußt werden, halten ihre Eltern und Lehrer für vollkommene Wesen; sie finden es selbstverständlich, daß alles gut und alles vollendet ist. Sie streben den Dingen freudig zu wie Blümlein des Feldes der Sonne. Ihr erster Blick in die Welt ist ein zuversichtlicher.

Über den mancherlei Büchern eines neuen Zeitgeistes, die ich bisweilen zugeschickt erhalte, frage ich mich oftmals: welche Weltanschauung soll man den Kindern beibringen?

Soll man ihnen sagen: die Weltordnung ist nichts weniger als gut; die Menschen sind unvollkommen, armselig, ihr Dasein ist zwecklos, das Leben ist ein Unglück?

Soll man ihnen die schlechten und guten Seiten zeigen, ihnen alles nüchtern auseinandersetzen, wie es uns selbst erscheint?

Oder soll man sie in ihrem Sehen, daß alles groß, wünschenswert und zum Besten sei, belassen, bestärken?

Das erstere wird ein Erzieher tun, der weder Vernunft, noch Herz hat; das zweite wird ein Erzieher tun, der Vernunft und Herz hat.

Was uns da unter den Füßen herumläuft, mit dem zerrissenen Höslein auf die Gasse, mit dem Büchertäschchen in die Schule, ist oft ein sehr naseweises Gezücht. Sie spötteln und nörgeln und kritteln und dünken sich klüger als die Alten. Fürnehmlich in den Städten. Zu Hause hören sie das Geschelte. Manche Erziehungsart ist bestrebt, die Kleinen eilends zu recht kühl-vernünftigen Menschen zu machen.

Die Kinder sollen wissen und denken, nichts als wissen und denken. Das warme Gefühl erstickt, und dann wundert man sich, wenn es so wenig Können und Schaffen gibt! Hat sich solche Jugend dann sattgenagt an den ihr zum Gegenstande des Spottes und zum Spielzeug gewordenen Werken der Natur und der Menschen, dann wird sie verbissen, griesgrämig, und Jungen und Fräulein mit fünfundzwanzig Jahren sind weltsatt. Bald haben sie sich überzeugt, daß ihr eigenes Können und Wollen nicht höher steht oder kaum so hoch als jenes, das sie so oft verhöhnt haben – sie erlahmen und verzagen an sich selbst, und nun kommt ihnen in vollstem Maße die Überzeugung von dem, was sie so oft gehört, erfahrungslos so oft behauptet haben: die Welt ist grundschlecht – sie sind unglücklich. Und so sehr hat das ihnen anerzogene verneinende Element ihre Tatkraft zerstört, daß sie nicht einmal Mut genug haben zu jenem Schritte, der ihnen als der beste dünkt: zum Sprunge aus dem Leben.

Nicht unpraktisch, ja für das Fortkommen im Leben oft geradezu nötig ist der zweite Weg: man stelle den Kindern die Welt so dar, wie sie uns vernünftigerweise selbst erscheint; man teile ihnen die Erfahrungen mit, die man selbst gemacht hat, damit sie auf solchem Grunde weiterbauen können. Doch diese Art ist darum, weil sie nötig ist, nicht die beste; sie zerstört der Jugend oft allzufrüh den idealen Hauch, der wie ein Atem Gottes die Kinderherzen durchwärmt und der später nimmer zu ersetzen ist. Darum nur nicht voreilig weihe man die Kinder in die Härte des

Lebens ein; auch nützt es nicht immer so viel, als man glauben möchte. Wir sehen an jedem Tag, wie Kinder die ihnen aus den Erfahrungen der Eltern erwachsenen Lehren in den Wind schlagen, um aus eigenem Beutel das Lehrgeld zu zahlen, aus eigenem Schaden klug zu werden. Wie auch, wenn sie die schlimmen Erfahrungen der Eltern wirklich zu benützen wüßten, ohne eigene machen zu müssen: aus welcher Quelle sollten sie die Lehren für ihre Kinder schöpfen? Solche Dinge gehen nicht den Weg der Überlieferung, nur dort, wo sie keimen und wachsen, dort tragen sie Früchte.

Meine Meinung ist, man hüte das morgendlich betaute Rosenknösplein, „Kindesherz" genannt, solange es zu hüten ist. Man greife so spät als möglich ein in seinen Denk- und Wirkungskreis. Ja gewiß, selbst dreijährige Kinder haben oft schon ihren sich selbst geschaffenen Wirkungskreis. Sie suchen, sie verfertigen sich Spielzeuge, sie hämmern, sie graben, sie zeichnen, planen und bauen, und es ist ihnen so ernst dabei, als uns Erwachsenen in unserem Streben. Zu großem Nachteile ist es jenen Kindern reicher Leute, welche lauter fertige Spielzeuge zur Hand bekommen, Spielereien, an denen nichts mehr zu tun und zu machen ist, als sie – was bei tätigen Kindern auch geschieht – zu zerstören. Wie können die Kleinen findig und erfinderisch werden, wie können sie sich üben im Erwerben und Erhalten, in Geduld und Ausdauer, wenn alles, was ihr Herz begehrt, und nicht einmal begehrt, wie mit einer Wünschelrute sofort da ist! Hierin mag es wohl zum Teile liegen, daß — wie jeder erfahren kann — armer Leute Kinder, die in erster Jugend schon alles, was sie haben wollen, selbst suchen und schaffen müssen, daß solche Kinder jene reicher Leute so oft an Tüchtigkeit übertreffen.

Immer besser, man schüchtere den Mund der Kinder ein als ihre Hände. Und haben sie etwas Gefehltes getan, etwas Verkehrtes vollbracht, so gebe man ihnen Gelegenheit, es aus eigenem noch einmal und besser zu machen.

Manche Eltern und Erzieher haben die Gewohnheit, ihre Kinder vor den Ohren fremder Leute zu tadeln und zurückzusetzen; das ist fast noch gefährlicher, als die Kleinen anderen gegenüber hervorzutun und zu loben. An die Stelle des gebrochenen Ehrgeizes tritt gerne die Unlust.

Anstatt in Gegenwart der Kinder oder mit diesen menschliche Werke und Vorbilder in ihre Vorzüge und Fehler zu zerlegen, halte ich es für besser, derlei Werke unbedingt anzuerkennen, den Kindern Verehrung und Bewunderung dafür einzuflößen. Kenntnis und Wägung der Vorbilder allein hat noch keinen bewogen, denselben nachzustreben, wohl aber Verehrung und Begeisterung. Das wägende und nörgelnde Element bedeutet nur allzu häufig die Verneinung — es ist der Hauptcharakterzug unfähiger Naturen und wirkt niemals kräftigend, wohl aber häufig hemmend auf schöpferische. Was auf den Verstand wirkt, kühlt ab, was auf das Herz wirkt, befeuert. Und besonders bei Kindern.

Kinder sollen nur von Schönen, Guten und Großen hören. Unsere eigenen Ideale, unserer Jugend Lichtbilder, unseres Lebens Sterne, sie mögen auch heute schon verloschen sein – man zünde sie in den Kinderherzen wieder an, oder wenn es die Natur selbst getan hat, so nähre, entflamme man die Leuchten; man wird sich selbst an solchem Feuer wieder erwärmen. Die menschliche Vergangenheit ist so reich an großen Zügen – ich meine nicht die Kriegszüge und vernichtenden Taten siegreicher Feldherren, nicht die Ränke machtsüchtiger Herren und dergleichen, womit man sonst die Jugend „bilden" will – ich meine die beseligenden, beglückenden Taten edler Menschen. Man versammle sie um das liebe Kind, man pflanze ihm damit einen heiligen Garten voll Rosen und frischer Früchte!

Und wenn das Edle und Erhabene im irdischen Reiche zu Ende, so öffne man den Kleinen doch getrost die Pforte zu jenen ewigen Hainen, aus welchen der Menschheit seit Jahrtausenden der Quell der Begeisterung und Zuversicht geflossen ist. Der wahrhaft Gebildete, mit allen Erfolgen und Verirrungen des menschlichen Geistes Vertraute, der Weltkenner, wird nicht anstehen, dem Kinde die großen Anbilder des Herzens poetischen Sinnes zu verkörpern.

Nun gibt es aber da draußen etliche Leute, gegen welche ich folgendes sage: so unduldsam sie gegen religiöse Anschauungen sind, so nachsichtig sind sie gegen die Schwächen und Laster der Menschen. Das sind Anhänger einer Lehre von der tierischen Herrschaft im Menschen, welche die Freiheit des Willens und Handelns ganz von angeborenen und zufälligen äußeren Beweggründen abhängig machen – neue Fatalisten, die noch gefährlicher sind als jene der romantischen Zeit. Sie glauben ihrer Menschenliebe genug zu tun, wenn sie die Gefallenen und Verbrecher nach angedeuteten Grundsätzen entschuldigen und vor ihren Kindern die Verbrechen begründen.

Das heißt die Verbrecher den Kindern vertraut machen. Es versteht sich von selbst, daß man ihnen auch gegen die unseligen Personen keinen Pharisäerstolz einflöße; die Fehler und Laster jedoch kann man vor den Kleinen nicht strenge genug verurteilen. So unbedingt verehrenswert man ihnen das Edle an sich ausstellt, so unbedingt muß das Schlechte an sich verdammt werden. Mit vernünftelnden Begründungen und philosophischen Auseinandersetzungen macht man die Kinder irre – da muß alles bestimmt und klar und verkörpert sein.

Nun noch eines von der Liebe zum Vaterlande.

Kind und Heimat – wie natürlich! Man weiß ja, daß die Kleinen zwar gerne nach außen streben, aber noch lieber heimkehren. Da knüpfe man an, lehre ihnen Liebe zum Hause. Ein eigener Herd, eine Familie, in diesem Kreise ist der Mensch vor dem Ärgsten bewahrt, in diesem Kreise entwickelt sich leicht die Arbeitsamkeit, die Opferwilligkeit, das Selbstvertrauen und die Zufriedenheit; in diesem Kreise gedeiht die Liebe zur Gemeinde, die Treue zum Vaterlande. Die Stellung mancher Geister zum Vaterlande soll unterweilen etwas zuchtlos werden. Sie nörgeln besonders gern an Zuständen der Heimat und haben doch nicht die Kraft, es besser zu machen. Das muß Folgen haben, denen ich das Kind ungern aussetze; ich bin daher genötigt, in ihm ein Gegengewicht aufzustellen, da ich ihm sage, daß mit Leuten, die immer unzufrieden sind und immer undankbar, nicht gut Freundschaft zu halten ist. Wie soll man doch von einem Staatsbürger verlangen, daß er auf die Vervollkommnung, auf die Kräftigung, auf die Befreiung seines Vaterlandes hinarbeite, wenn ihm das Ding gleichgültig ist! Nicht so sehr jenen Patriotismus liebe ich, der unsere Söhne auf das Schlachtfeld jagt und sie dort sterben heißt, sondern jenen, der für das Vaterland leben lehrt. Gegen feindliche Einfälle zuschlagen, ja! Das ist mannbar und echt. Aber Ausfälle, Eroberungskriege sind zumeist Raubzüge. Die Idee, aus was immer für einem Grunde, unschuldige Menschen töten zu dürfen, muß im Menschengeschlechte allmählich ausgelöscht werden.

Die Schule allein kann freilich nicht alles tun; sie lehrt die Jugend, aber sie vermag diese nicht zu erziehen. Mit welchen Organen saugt das junge Bäumchen mehr Nähr-und Lebensstoff an sich, mit den Zweigen und Blättern aus der freien Luft oder mit der Wurzel aus dem Boden, dem es entsproßt? Was das Kind durch die Schule aufnimmt, muß mühsam verarbeitet werden, aber die Beispiele und Anleitungen der Eltern gehen unwillkürlich in Fleisch und Blut über. Den Eltern obliegt es, im Kinde den Grund zur gedeihsamen Weltanschauung zu legen.

Mir ist ein Familienvater bekannt gewesen, der es mit dem Grundsatze, den Kindern eine lichte Weltanschauung beizubringen, so streng genommen hat, daß er seine Kleinen von allen ferngehalten, was da Trauriges existiert. Ich halte das nicht für nötig. Was sie sehen, ist hier nicht so sehr maßgebend, als wie sie sehen. Selten zittern Kinder vor einer Gefahr. Man mache sie wohl darauf aufmerksam, aber nicht in ängstlicher Weise, die entmutigt, sondern im Tone jener ruhigen Überlegenheit, der im Bewußtsein eigener Kraft liegt. Und nach unglücklichen Ereignissen, bei denen der Mensch nichts zu ändern vermag, zeige man vor Kindern nie Verzweiflung oder stumpfe Entmutigung, sondern stets den offenen Blick neuer Zuversicht: es wird alles wieder gut werden! Dieses Wort ist ein Zauberspruch auch für uns. Überall im Leben ist ein steter Wechsel von Schatten und Licht, und jedes Übel bringt uns neue Anwartschaft auf Gutes; wer diesem Guten entgegenhofft, der genießt schon im vorhinein die Zinsen eines noch nicht fälligen Kapitals.

Das fünfjährige Töchterlein des Kiesschlagers, dem man des einzige Brüderlein begraben hat, welches es so sehr liebgehabt, daß man gemeint, es könne nicht eine Stunde ohne ihn leben, und das von allen Umstehenden bedauert und beweint wird, blickt ins tiefe Gräblein hinab und sagt: „Behüt' dich Gott, Hans, wir werden im Himmel schon wieder zusammenkommen", und eilt über die blumige Wiese davon. – Ja, so sollte es unter uns Menschen sein und bleiben können.

Und jener Knabe, der an einer Berglehne ein Häuschen, ein Mühlchen und allerlei andere Dinge gebaut und daran einen ganzen Sommer gearbeitet hat, ruft, als eine Lawine seine Spielwerke zerstört: „Hin ist's! Dem Gott ist's nicht recht gewesen am Berg, jetzt geh' ich und baue mein Haus und Hof da unten beim Schupfenzaun." – Er hätte ebensogut mit geballter Faust knirschen können: „Warum ist's dem Gott nicht recht gewesen!" Doch es ist ihm ja gesagt worden: „Gott ist weit der Stärkere und der Gescheitere, gegen ihn kommst nicht auf, aber er meint dir's nicht am schlechtesten." Dereinst in späteren Lebensjahren, wenn das Herz gebrochen ist und der Mut, bleibt von solcher Weltanschauung noch das beste, was uns hienieden bis ans Ende bleiben kann: die Ergebung.

Ich habe nichts gegen das Wissen, aber Weisheit ist mir lieber. Weisheit entspringt nicht so sehr aus dem Verstande als aus dem Herzen. Den Kindern möge Kindlichkeit und Weltvertrauen bewahrt bleiben, so lange als möglich; Kindlichkeit ist der fruchtbare Boden für das Schöne, Weltvertrauen ist der fruchtbare Boden für das Gute. Ich meine nicht, daß eine Generation von Idealisten erzogen werde, die nicht praktisch denken und arbeiten kann. Weltvertrauen und Vertrauen auf sich selbst soll sein, denn das ist der fruchtbarste Grund rechten Denkens und praktischen Schaffens. Es muß wieder ein urspünglicheres und glücklicheres Geschlecht erstehen als die sauertöpfischen Philosophen, die so eitel auf ihre hohe Vernunft und so hoffnungsmüde in der menschlichen Mission sind, es sich träumen lassen wollen.

In der Menschheit steckt ein guter Kern; von Geschlecht zu Geschlecht reist er der Vollendung entgegen. Wohl gibt es Zeitläufte, die ihm nicht günstig sind; oft auch treibt die

Blüte zu üppig, schießt die Frucht zu stark; mitten im hoffnungsvollsten Maien kommen Fröste, Insekten, Mißbildungen und allerlei Plagen – aber allmählich – allmählich wird er aufgehen der Tag, den alle Völker erträumt, alle Seher vorausgesagt haben.

Ein Vater an seinen Sohn

Während du, mein liebes Kind, dich da draußen herumtummelst und ich dich fort und fort weisen und warnen soll: Klettere dort nicht hinan! Spring nicht in den Bach! Iß von jenen Beeren nicht! Wirf die Steine nicht ins Fenster! Necke den Hund nicht! – Während dieser deiner kaum zu zähmenden kindlichen Lust sitze ich hier im Gartenhäuschen und sinne und schreibe. Du ahnst es nicht, mein Knabe, an wen ich schreibe und was ich schreibe.

Neben mir steht ein Unsichtbarer, der mahnt mich: bestelle dein Haus! Mein kleines Haus, ich bestell's, vielleicht gedeiht's, vielleicht zerfällt's, für deine Zukunft und dein Glück hat das nicht viel zu bedeuten.

Diese Zukunft aber ist es, die mich mit Sorge erfüllt, die mir das Scheiden schwer macht. Du hast ein fröhlich Blut, du hast ein weiches, empfängliches Gemüt. Es werden die gefährlichen Jahre kommen, die blinden Neigungen, die schlimmen Wünsche, die falschen Freunde und vor allem – wie ich dich kenne – die unendliche Vertrauensseligkeit zu allem, was dir schmeichelt. Ich werde nicht mehr bei dir sein, jedoch will ich dir eine Schrift hinterlassen, in welcher ich nach meiner besten Erfahrung und Einsicht dein Weiser und Ratgeber sein will, wenn auch die Hand, die sie geschrieben, schon modert.

Du wirst, mein Kind, auf deiner Lebensreise kaum einen Menschen finden, der es dir so gut meint, gewiß aber keinen, der es dir besser meint als ich, dein Vater, der in dir fortleben möchte auf dieser schönen Welt, der in dir ihre reinen Freuden genießen, der in dir und deinen Kindern aber auch die große Arbeit und Aufgabe der Menschheit weiterführen und lösen helfen möchte. — In deinem Knabenalter wirst du's noch nicht verstehen, wie ich das meine; das jedoch mußt du dir schon in dieser Zeit vornehmen und einprägen: „Ich will ein braver Mann werden." Die Knabenzeit ist wie ein kleiner, freier Anger im finsteren Walde. Von diesem Anger gehen zahllose Wege hin nach allen Seiten. Mancher sieht sich vom Anger aus so hübsch glatt, breit und eben an; später wird er steil, steinig, zerrissen und verläuft sich in der Wildnis. Ein zweiter Weg gibt sich vom Anger aus wie ein enger, rauher, halbverwachsener Fußsteig; später weitet er sich, leitet allmählich hinan zu Höhen und führt aus dem Walde fruchtbaren Gegenden zu. Ein dritter Weg ist ganz verwildert und verwachsen und muß erst mit Mühe ausgehauen und gebahnt werden, und zwar nach einer Richtung hin, die zu einem Ziele führen kann. Die Wahl eines Weges ist die Berufswahl. Der Knabe, wenn er sich frei weiß, wird von all diesen Wegen — keinen wählen, sondern sich auf dem grünen Anger herumtummeln, so lange es geht. Zur Wahl genötigt, wird er sich wahrscheinlich dem breiten Weg zuwenden, wo die Mehrzahl geht und wo unterwegs das meiste untergeht.

Mein Sohn, wenn du auf dem Wendepunkt stehen wirst, so hast du dich zu fragen: Wo bin ich und wo will ich hin? Was will ich werden? Was kann ich werden?

Suche ein gutes Ziel, aber schaue zuerst dich an. Vor allem, weiche nicht der Arbeit aus, scheue dich vor körperlicher Arbeit nicht; diese Scheu hat fortwährend Tausende und Tausende ins Elend gejagt. Alles, was hoch hinaus will, ist leichtes Ding. Das Feuer bleibt nützend und wärmend auf dem Herde, der Rauch steigt über die Dächer auf. Mich gelüstet es nicht, mein Kind, einen Minister zum Sohn zu haben, den Ansehen, Gehalt und Pension bewogen haben, ein Volk regieren zu wollen. Aber mich gelüstet's z. B. einen braven Landwirt oder einen tüchtigen Gewerbsmann zum Sohne zu haben, der seine Stelle ausfüllt, in derselben sich genügt und somit sein redliches Teil zur Weiterschiebung der Welt beiträgt und ein anspruchsloses, zufriedenes Leben führt.

Wie du dich, mein Sohn, seelisch bisher herangewachsen hast, so liegt die Gefahr nahe, daß du dich dem Künstlertume zuwendest. Das wäre nun wohl das größte Gut, womit dich der Himmel begnaden könnte. In keinem Stande liegt so sehr der Brennpunkt des Lebens, in keinem Stande brennt sich die vom Drange nach Schönheit und Glück gesättigte Menschenseele so rein und mächtig aus als im Künstlertume. Und doch! Wenn du hinschaust über die Künstlerwelt, so wirst du wohl manche Gestalten stolz emporragen sehen, aber du wirst nicht erblicken die Unzahl von Verkommenen, Verlorenen, sogenannten Verkannten. Auf Hunderte von solchen bedauernswerten Menschen, die im Wahne leben, Talente, Genies zu sein, die in diesem Wahne anstatt dem Ruhme der Lächerlichkeit anheimfallen, auf Hunderte von solchen kommt ein einziger Künstler. — Vielleicht, mein Sohn, hast du einmal das Malheur, ein leidliches Gedicht zu machen. Alsogleich sind Leute da, die nach Gelegenheit suchen, sich aus irgendwelcher Ursache bei dir einzuschmeicheln. Diese loben dein Produkt über die Maßen, versichern dich, daß ein großer Dichter in dir stecke und daß, wenn du nicht von allen gebührend anerkannt werdest, nur der Neid daran Schuld sei. Du wirst, mein naiver Junge, solche Schwätzer für deine besten Freunde auf der Welt halten, wirst deine Studien vernachlässigen und poetisieren und von Ruhm träumen. Je eher und empfindlicher dir dann die erste Blamage kommt, je besser ist es für dich. Du wirst dich wieder zurechtfinden, deinen Pflichten neuerdings nachkommen, deine Torheit belächeln und deine wohlrednerischen Freunde verachten. Was mit der Feder, dasselbe kann dir auch mit dem Stifte, mit dem Pinsel passieren. Die Schauspielkunst ist für körperlich gut Geartete nicht minder verlockend und überaus gefährlich. Im gewöhnlichen Falle ein Fiasko, ein armseliges Vagabundenleben, ein lautloses Untergehen. Im guten Falle ein brauchbarer Schauspieler, ein friedloses Leben voll Hoffnung, Intrigen, Kämpfe, Enttäuschung. Im besten Falle ein ausgezeichneter Künstler, ein Leben voll Lärm und Aufregung, gequält von Ehrgeiz und innerem Unbefriedigtsein, und ist es aus: Dem Mimen flicht die Nachwelt keine Kränze. In der Musik ist die Gefahr verhältnismäßig an geringsten, weil sie größere Studien fordert, also für die Jugend nicht so verlockend wirkt wie die leicht handhabende Feder, der schimmernde Pinsel und die Maske des Schauspielers.

Und selbst wenn du, mein Sohn, eine innere Stimme hörst, die dir zuruft, daß du eine Künstlernatur seiest, so glaube ihr nicht sofort. In der Jugend hört man verschiedene innere Stimmen. Wende dich den Künsten zu, ehre sie, pflege sie, da hast du recht; besser kannst du deine freie Zeit nicht anwenden, als dich mit schönen, geistklärenden und herzveredelnden Künsten abzugeben, das macht dich zufrieden und heiter für dich und liebenswürdig für andere. Anstatt der Spielkarten das Buch, anstatt der Zigarre den Griffel, anstatt des Wirtshauses das Theater, den Konzertsaal, das gefällt mir, mein Knabe, das gefällt mir immer — wohlgemerkt, für deine freie Zeit. Jedoch, die Berufsstudien über alles. Und wenn dir alle Welt sagt: Du kannst ein großer Künstler werden, so werde ich dazusetzen: Das freut mich, mein Sohn, aber für alle Fälle: studiere für einen praktischen Zweck oder ein Geschäft. Selbst bei Königen und Kaisern ist es der Brauch gewesen, daß sie vor ihrer Thronbesteigung ein Handwerk lernten; und das soll keiner vergessen: wer sich nicht mit seinen zwei Händen das Brot aus dem Boden gräbt, für den müssen es zwei andere Hände tun.

Ist ein wirklicher Künstler in dir, so läßt er sich nicht umbringen, und später, wenn du auf festem Fuß und Boden stehst, kannst du ihm zu seinem Recht verhelfen. Wenn du die Lebensgeschichte der großen Männer betrachtest, so wirst du finden, daß die allermeisten von ihnen was anderes gelernt haben, als worin sie später berühmt geworden sind, die ihrem Genius durch praktische oder Brotstudien einen guten Grund gelegt haben.

Und strebe, mein Kind, eine Sache niemals ihrer Ehren wegen an. So wie eine Frömmigkeit nichts taugt, die nur des Himmels wegen da ist, so wenig frommt ein Künstlerstreben, das nur dem Glanze nachjagt. Wenn du deine Kunst so sehr lieb hast, daß du bereit bist, dich für sie kreuzigen zu lassen – denn bisweilen werden Künstler gekreuzigt – dann bleib' bei ihr, dann bist du ihr Erkorner.

Vor allem bedenke, es ist für dich die segensvolle Zeit, die Zeit zum Lernen. Ich habe es mir ein Vergnügen sein lassen, manches Vergnügen zu entbehren und das dadurch Ersparte aufzuheben, um dir, wenn du Lust und Talent hast (besonders das letztere!), das Studieren zu ermöglichen.

Wenn du nun Student sein wirst, so sei ein Student. Nämlich sei lustig und freue dich deines jungen Lebens. Lasse die Ideale kühn und hoch auflodern; das ist die Zeit, da du deine Seele in Schwung bringen mußt, soll sie nicht zu bald erlahmen und verrosten. Glaube an das Gute und Schöne, habe Zuversicht zur Menschheit; der Student ist ein Seher, der in seinem Geiste schon lebt, was den Menschen vielleicht erst in später Zukunft beschieden sein wird. Aber sei kein Schreier und Wirtshaustribun; mische dich nicht in Dinge, die du nicht verstehen kannst; dein Leitfaden im Denken und Tun sei unser Friedrich Schiller.

Halte Gemeinschaft mit heiteren Kollegen, sei brüderlich; aber bleibe solchen Burschenschaften fern, die ihr Heil im Bierhumpen, in der langen Pfeife, in den weiten Stiefeln, im großen Hund und in der Mensur finden. Das sind armselige Dinge, das ist das studentische Philistertum, vor dem ich dich bewahrt wissen möchte.

Der Mittelpunkt des Studentenlebens – das vergiß nicht, mein Bursche – ist das Kollegium. Lerne, sei fleißig, aber ochse und büffle nicht; wer einen offenen Kopf hat und ihn seinen Lehrgegenständen zuwendet, der hat das mechanische Eintrichtern nicht nötig. Wer ihn nicht hat, dem rate ich, er begebe sich einem schlichten Handwerk.

Schulden machen wirst du nicht, weil sie niemand für dich zahlen würde, außer du selber mit Not oder mit deinem guten Rufe. Sei aber auch kein Knauser.

Einen besonderen Rat will ich dir noch geben, für den du mir oft und mit Jubel danken wirst. Spare für Ferienreisen. Wenn du auch schmal gehalten bist, so wirft dir, wenn du willst, jeder Tag ein Scherflein ab, ohne daß du deshalb darben mußt. Aus diesem kleinen, täglichen Scherflein erwachsen dir herrliche Tage und Wochen. Wenn ich jetzt im Schatten des Baumes so für mich hinträume, so sehe ich dich, mein Junge, bisweilen auf der Wanderschaft, frisch und flink, im leichten, netten Gewand, das Ränzlein auf dem Rücken, den Stock in der Hand, lustig über Berg und Tal! Kind, die Welt ist unbeschreiblich schön, wenn man sie mit gesunden Gliedern durchwandert, mit jungen Augen anschaut! Geh hinein in unser Bergland und schau die Pracht, die mich — deinen Vater — oft so selig gemacht hat, und besuche die schlichten Menschen, und sei freundlich mit ihnen und ehre sie, wenngleich sie nicht soviel wissen wie du. Sie wissen dennoch mehr! Glaube es mir und schätze niemand gering, außer den Schlechten, und halte niemand für schlecht, außer du bist dreimal davon überzeugt worden.

Wenn du es verstehst, Menschen zu erfassen, aber nicht so, wie ein Bild in dir leicht sich spiegelt, sondern wie sie sind, wenn du ein offenes Auge hast für das Gute und Große, das in ihrem Leben ist, so wirst du in den Ferien zunehmen an Weisheit so wie du im Studienjahre an Wissen zugenommen hast.

Es gibt eine Liebe und eine Treue, die man jedem zuwenden muß, mit dem der Lebensweg — wenn auch nur für kurze Zeit — zusammenführt. Sei höflich, sei offen und wohlmeinend gegen jedermann. Komme den Leuten mit Vertrauen entgegen, aber ganz vertraue dich keinem. Erinnere dich öfters des schönen Spruches: „Mit vielen deine Freuden, mit wenigen dein Leiden, mit einem nur dein Herz." Wie das letztere zu verstehen ist, darüber hoffe ich noch mit dir sprechen zu können. Lasse dir Gutes tun, aber bleibe nichts schuldig; auch der Ärmste hat Gelegenheit, seinen Wohltätern Freude zu machen. Bewahre dir, mein liebes Kind, dein dankbares Gemüt, das adelt dich und schützt dich dein ganzes Leben vor Weltbitterkeit und Menschenhaß. Verlasse dich aber niemals auf fremden Beistand, wo du dir helfen kannst.

Den Schatz, der für dich in den Menschen liegt, wirst du früher erkennen, als den, der in der Schönheit und Größe der Natur für dein Gemüt bewahrt ist.

Ich freue mich im Gedanken, wie du reisen wirst, mein Sohn. Aber durchlaufe die Gegenden nicht, reise mit Bedacht. Weiche so wenig als möglich von dem mit einsichtsvollen Freunden ausgestellten Reiseplane ab. In den lieben Morgenstunden wandere, in der heißen Tageszeit ruhe und nähre deinen Geist in einem Buche oder einer anregenden Gesellschaft. Reise allein oder höchstens zu zweien. Mit mehreren tut's nicht gut. Im Einkehrhause sei bescheiden und mäßig, bewahre dich gesund.

Mir sind in meinem Leben viele und mannigfaltige Freuden beschieden gewesen, und zu den schönsten und reinsten derselben gehören meine Fußwanderungen im Gebirge. Die wünsche ich auch dir.

Sei im Umgange mit Menschen offen, wohlwollend und frohgesinnt, das weitere gibt sich. Mache es dir zur Gewohnheit, jedem Menschen, mit dem du zusammenkommst, etwas Gutes zu tun, ihm eine kleine Aufmerksamkeit zu bereiten; solch kleine Münzen hat man immer bei sich und sind überall gern angenommen.

Lerne die Verhältnisse und Denkungsweise anderer verstehen und, wenn man sie dir darlegt, dich dafür zu innern. Dadurch wirst du gerecht, billig und liebenswürdig. Dein persönlicher Vorteil wird darunter kaum leiden, obwohl du dir nicht einbilden mußt, daß dir jede Freundlichkeit vergolten werden soll. Wohlwollen und Wohltun wird gar oft mißbraucht, mein Junge, und mit Undank belohnt. Aber selbst in diesem schlimmen Falle hast du mehr Gutes davon, als wenn du gleichgültig gewesen wärest oder gar durch Mißwollen dein Leben verbittert oder durch eine Übeltat geschändet hättest. Lerne früh den unendlichen Wert und die Größe der moralischen Kraft erkennen, die in einem guten Gewissen liegt. Triffst du außerdem die gesellschaftlichen Formen, die feinen Sitten im Verkehr, so ist es gut und förderlich, aber lasse dir derlei nie zur Hauptsache werden.

Willst du in deinem Leben nicht zu häufig enttäuscht werden – Enttäuschungen wirken nicht günstig auf das sittliche Wachstum – so spüre frühzeitig in allem dem Kern, dem Inhalte nach. Der Schein ist zumeist viel einladender als das Sein, aber halte dich an letzteres und, so lange du beides noch nicht unterscheiden kannst, sei vorsichtig. Sei es aber ohne mißtrauisch zu sein, lasse dich einfach mit Leuten, die du nicht genau kennst, nicht ein.

Sehr viele Menschen gibt es – und man sagt, daß sie auf die Welt taugen – die nach verschiedenen Seiten der Gesellschaft hin verschiedene Eigenschaften hervorkehren. Gegen ihresgleichen sind sie rechthaberisch und vorlaut; gegen Vorgesetzte sind sie glatt und kriecherisch; gegen Untergebene sind sie herrisch und roh. Wenn du dich, liebes Kind, einer wahren Bildung bestrebst, so wirst du solchen Eigenschaften nicht verfallen. Gutmütig und freimütig nach allen Seiten. Der Freimut (das zur rechten Zeit und mit Bescheidenheit offene Aussprechen seiner

Anschauungen) sagt entweder die Wahrheit, dann wird er früh oder spät sein Gutes stiften, oder er sagt einen Irrtum, dann wird er berichtigt werden und du gewinnst an Einsicht. Der schlichte Freimut ist auch nach oben hin, wenn er auf vernünftige Menschen stößt, gern vernommen, und wenn ihm Unvernünftige mißgünstig sind – ihm und dir – so braucht dich das nicht sehr zu bekümmern.

Wenn du dir durch Studium und Erfahrung einmal eine Überzeugung angelebt hast, so bewahre sie. Kommst du mit Leuten zusammen, die anders denken, so schweige, oder bekenne deinen Standpunkt, aber mit Bescheidenheit und Rücksicht. Doch niemals treibe deine Rücksicht so weit, daß du anderen zu Liebe das einmal als wahr und echt Erkannte verleugnest. Tust du das heute, so wirst du morgen aus Wohldienerei des Rechten spotten und übermorgen ein Abtrünniger sein.

Vor allem gehe als vernünftiger junger Mann aller Kannegießerei aus dem Wege. Bewahre dir die Liebe und Opferwilligkeit für dein Vaterland; beschütze es, wenn's sein muß, mit deinem Leben, aber verdamme leidenschaftlich jeden Angriffskrieg! Teile, mein liebes Kind, mit mir und Tausenden von denkenden Männern die feste Zuversicht, daß es möglich ist, die Kriege zwischen Kulturvölkern abzubringen, wenigstens seltener zu machen.

Auch läßt sich ein gebildeter Mensch ohne Zwang niemals in dogmatische Streitigkeiten ein. Im Verkehr mit Priestern sei höflich und berühre womöglich niemals religiöse Fragen, damit du nicht gezwungen bist, zu verletzen.

Wirst du in dieser Sache selbst angegriffen, so weise mit ruhiger Entschiedenheit den Eingriff in dein Gewissen zurück.

Über den Verkehr mit Frauen wollen wir später sprechen. Heute nur noch etwas über Jugendfreundschaften. Ein braver Jugendfreund ist für die Ausbildung des Gemütes und des Geistes, zur Entwicklung des Charakters von hohem Werte und kann ein Segen werden fürs ganze Leben. Mir hat immer gegraut vor jungen Leuten, die sich niemand anschließen, die allein und schattenhaft herumschleichen, sich in philisterhafter Altklugheit vergraben und so zum engherzigen Egoisten und Menschenfeinde werden. Ich habe in sogenannten besseren Familien junge Leute gekannt, die man vor dem Verkehr mit anderen jungen Leuten hütete wie vor der Pest. Wenn ich heute Umschau halte, was aus ihnen geworden ist, so sehe ich, sie sind entweder innerlich verdorben und äußerlich verrostet, oder sie haben die zwischen ihnen und der Welt so streng gezogene Planke plötzlich übersprungen und sind in der Gesellschaft zugrunde gegangen, wie einer, der, ohne schwimmen gelernt zu haben, in den See springt.

Die schönsten Ideale der Jugend können nur mit warmherzigen Genossen ausgeträumt und gehütet werden. Und dem Jüngling sind die geselligen Freuden weniger gefährlich als die einsamen. In der Wahl der Freunde ist freilich eine Vorsicht nötig, die man in der Jugend kaum findet; ein Rat ist der: wähle gar nicht, sei brav und tüchtig und lasse dich wählen. Zum Braven werden sich wieder nur solche gesellen. Wählst aber du, so nimm einen solchen, den du nicht allein gern hast, sondern auch ein wenig verehren kannst, der ein bißchen höher steht als du. Frage nicht erst, ob einflußreich, ob arm; prüfe nur, ob er dem Ideale, das du dir von guten und liebenswürdigen Menschen gemacht hast, nahekommt oder nicht. An der Seite des Jugendfreundes leben die meisten Menschen eine Periode durch, die auch gefährlich werden kann. Mit ihm haben sie die heikelsten Dinge zu besprechen, die sie vor den Eltern verborgen halten; nach seinem Einfluß und Beispiele entscheiden und leben sie. Der Jugendfreund ist für die weitere Entwicklung und Richtung oft maßgebender als der Erzieher.

Der Jugendfreund ist ein Mitträger der Ideale. Baut euch Luftschlösser, ihr jungen Leute, im Verein, soviel ihr wollt; sie werden vergehen, aber die Hauptsache, das Fördersame ist, daß ihr baut. Ihr müßt Pläne machen lernen für eine neue Zukunft. Träumt von besseren Staatsformen, von Toleranz und Frieden im nationalen und religiösen Leben, von Harmonie im Leben des einzelnen und zwischen den Ständen und Völkern. Ein Anbild, das die Jugend fort und fort mit Liebe träumt, wird endlich wahr. Was heute noch ein Phantasiegebilde scheint, kann nach hundert Jahren vernünftig heißen und nach zweihundert Jahren eine Tatsache sein.

Oh, lasse mich fortleben, mein Sohn, in dir! Es wird eine Zeit kommen, in der die Welt wieder wert ist, daß sie die Sonne Homers bescheint.

Nun möchte ich dir, mein Sohn, auch darüber etwas

sagen, wie du dich als junger Mann bei Frauen zu benehmen hast. Dieses Kapitel kann dich wohl erst innern, wenn du über dein sechzehntes oder siebzehntes Jahr hinaus bist; jüngere Burschen fühlen sich bei Frauen nicht behaglich, sondern schlagen sich lieber mit ihresgleichen herum. Im allgemeinen verkehre mit Frauen, wie man sonst mit Priestern verkehrt hat; ziehe vor ihnen stets höflich den Hut, sei schweigsam und ehrerbietig. Und näher lasse dich mit ihnen nicht ein. Ergeben sich Meinungsverschiedenheiten, so bringe deinem Rechtsbewußtsein ein kleines Opfer und schweige. Vergiß niemals, daß Priester- und Frauen-Logik für den gewöhnlichen Menschenverstand nicht immer verständlich ist. Zudem, mein Bursche, ist auch die Logik der jungen Männer nicht allemal so, daß man sie zum gewöhnlichen Menschenverstand zählen könnte.

Es ist eine Eigentümlichkeit der Frauen, daß sie, besonders wenn ihre Knospenzeit vorüber ist, immer lieber mit Männern verkehren als wieder mit Frauen, während die Männer sich oft gern mit ihresgleichen begnügen. Ich kenne sehr ehrenwerte Frauen, junge und ältere, denen es eine Freude ist, junge Männer um sich zu sehen, und solchen, die anfangs gewöhnlich hölzern und schweigsam sind, zu schmeicheln und zu huldigen, bis mancher Bursche sich etwas einzubilden beginnt und endlich Feuer fängt.

Ich meine nicht, mein Junge, daß du dich anständiger Frauengesellschaft entziehen solltest; im Gegenteile, der zeitweilige Umgang mit gesitteten Frauen wird dir wohlbekommen, du wirst an Benehmen und Takt gewinnen, und an Zartsinn, der auch dem Manne wohl ansteht. Bei Matronen sind oft Schätze von Weisheit zu finden, die der Jüngling von solcher Seite lieber entgegennimmt als von der eines dozierenden Mannes. Wie manche Burschen hat die Freundschaft hochsinniger Frauen vor Verderben bewahrt!

Häufig nimmt die Freundschaft zwischen einem jungen Manne und einer jungen oder jugendlichen Frau freilich eine andere Wendung, obwohl es entschieden unrichtig ist, daß – verstehe mich – solche Freundschaften allemal niedrig sinnliche Absichten haben müssen. Ich habe als Junggeselle von fünfundzwanzig Jahren eine Freundin von gleichem Alter gehabt, der ich mich wie einer geliebten Schwester vertraute und von der ich wieder schwesterliche Güte, Teilnahme und Anregung erfahren habe. Es war ein anmutiges, hochgeachtetes Mädchen, aber als ich mich nach einem Weibe umsah, kam es mir gar nicht in den Sinn, daß ich auch dieses nehmen könnte. Ich nahm eine andere und das Verhältnis mit der alten Freundin ist dasselbe ungetrübte und schwesterliche geblieben, wie es früher war.

Ich habe als Junggeselle drei Arten von Frauen gekannt: die eine habe ich verehrt, die andere geliebt, die dritte verachtet. Anfangs jedoch hatte ich die erste gefürchtet, die zweite gemieden und die dritte angebetet. Den Anbetungswürdigsten, mein Sohn, denen traue am wenigsten. Wenn du merkst, daß die Leidenschaft erwacht, so hüte dich am sorgfältigsten, ein unbewachter Augenblick kann dich fürs ganze Leben verkaufen und verpflichten. Kennst du das Märchen, in dem sich der Ritter mit einem Tropfen Blut dem Teufel verschreibt? Vergiß nicht, mein Sohn, daß man das auch heute noch kann.

Ich will nur ein leichtes Streiflicht auf den gefährlichen Weg werfen. Du hast eine Freundin, sie ist um wenige Jahre älter als du, sie sieht es gern, wenn du sie besuchest und stundenlang an ihrem Arbeitstischchen sitzest. Das Gespräch ist stets anregend, sie hört dir gern zu, wenn du von deinen vielleicht noch knabenhaften Passionen sprichst, sie tut mitunter eine Bemerkung, die dir schmeichelt. Sie macht dir dann und wann ein kleines Geschenk, das sie selber verfertigt hat. Ihr besprecht wohl auch Angelegenheiten bekannter Familien, ihr geht auf Kunst und Literatur über: da wird das Thema von der Freunschaft erörtert, von der Liebe gestreift, letzteres leicht und blitzartig – dich fesselt's.

Nun will es der Zufall, daß du die Freundin nicht besuchen kannst, du schreibst ihr. Dein Brief wird wärmer, als du es im persönlichen Umgange je mit ihr warst. In ihrer Abwesenheit erscheint sie deinen aufgeregten Sinnen ganz anders; deiner Feder entspringen Ausdrücke und Bemerkungen, die nicht mehr in das Bereich der Freundschaft gehören. Sie wiederholt dir dieselben Bemerkungen vielleicht scherzend, doch der ungezwungene, persönliche Verkehr ist nun weg; es gibt mancherlei Gelegenheit zu erröten. Aber ein Kuß in Ehren —! Die Unterhaltung ist nichtssagend, ihr sitzet beisammen und es tut euch wohl. Bist du allein, so spinnst du dich in Liebe ein, hast Aug' und Ohr für fremde Verhältnisse, machst Gedichte und denkst an die Freundin. Du fühlst dich nur mehr bei ihr daheim und kannst die Stunden nicht erwarten, in denen ihr zusammen seid. Eines Tages verläßt du sie mit Betäubung — nun bist du nicht mehr dein eigen, nun gehörst du ihr. Es sieht so harmlos aus, aber es muß gebüßt werden im späteren Leben. — Ich warne dich vor vertraulichem Umgang mit Frauen.

Sind solche jünger als du und bist du der einleitende Teil, so ist deine Verantwortung noch um so größer. Es ist traurig, mein Sohn, eigenes Lebensglück zu zerstören, aber es ist furchtbar, fremdes zu vernichten. — Willst du was Rechtes werden, ein tüchtiger, glücklicher Mensch, so hüte dich. Du versäumst es nicht. Geize mit deinem jungen Leben, du wirst es später nicht bereuen.

Gib der Liebe kein Gehör, so lange du dich erwehren kannst. Sie klopft jahrelang an die Tür, ohne daß es ihr ernst wäre. In den Dichtungen wirst du von ihr hören, in Erzählungen und Liedern, auf der Bühne und im Wirtshaus. Jünglinge glauben es ihrem Ansehen schuldig zu sein, daß sie sich verlieben oder verliebt stellen und von Liebe sagen und girren. Das ist kindisch, solche Einbildungen lösen sich wie Morgennebel und führen zu keinem Ziele, und wenn auch, so zu keinem guten.

Und solltest du von der „Naturnotwendigkeit" was

hören, mit der man junger Leute Fehltritte zu bemänteln pflegt, so sage ich dir: In unseren Zonen ist beim achtzehn- oder zwanzigjährigen Jüngling das Lernen Naturnotwendigkeit. Eine flinke Regsamkeit des Geistes und des Körpers wird in diesen Jahren einer allmählich erwachenden Neigung leicht Herr, und der Organismus und die geistigen Fähigkeiten vermögen sich ungestört auszubilden zu einem ganzen Manne. Leibesübungen, als Turnen, Ringen, Fechten, richten sich nicht so sehr gegen einen äußeren, als vielmehr und mit größerem Erfolge gegen einen inneren Feind, den zu besiegen die schönste Heldentat eines jungen Mannes ist.

Aber das wird anders. Das Mannesalter bringt neue Pflichten. Du hast den Kriegsplan gegen den Feind zu ändern. In welches Verhältnis zum Weibe du nun treten sollst, davon wollen wir uns, mein junger Freund, im nächsten Gespräch unterhalten.

Wie ich den Jüngling vor dem Weibe gewarnt habe, so muß ich dem Manne das Weib auf das nachdrücklichste empfehlen. Mit Kenntnissen und Fähigkeiten ausgerüstet, ist seine erste Pflicht gegen sich selbst — das Weib. Nicht die Weiber, mein junger Freund, verstehe mich wohl, ich sage: das Weib.

Jeder gesunde und brave Mann kann eine Familie ernähren. Hat er sich nur erst selbst eine arbeitsame und einfache Lebensweise angewöhnt, so bleibt ihm nur noch übrig, eine Frau mit gleichen Eigenschaften zu finden, dann ist der Grund gelegt. Aber nicht minder hat er auf andere

Eigenschaften der zu Erwählenden zu achten. Wirst du einmal wählen, mein Junge, so lasse dich nicht verblenden durch körperliche Schönheit und nicht bestechen durch weiblichen Geist und Witz. Derlei hat im häuslichen Leben nicht ganz den Wert, den man ihm in der Gesellschaft zuzuschreiben pflegt. Schönheit wird dir viel Vergnügen machen, aber noch mehr Unruhe, sie ist eine Ursache der Eitelkeit, der Eifersucht und nur zu bald auch der Enttäuschung.

Lege auch nicht viel Gewicht auf Zärtlichkeit und Sentimentalität; Zärtlichkeit ist noch lange nicht Liebe und Sentimentalität noch lange nicht Gefühlsinnigkeit.

Achte bei den Weibern vor allem auf das Temperament. Die Frau, und wäre es die vernünftigste, handelt zumeist nur nach ihrem Temperamente. Vor diesem muß selbst das Herz schweigen. Ein ruhiges, mildes, heiteres Temperament ist eine der ersten Bedingungen für eine glückliche Ehe.

Lasse dich in deiner Wahl auch nicht berücken von der Liebesleidenschaft. Derlei hält nicht vor, und jene Liebe, die in Leben und Leiden mit Mut und Opferwilligkeit bis in den Tod ausharrt, ist ganz anderer Art, als das begehrende Gefühl, das in der Regel die Leute zusammenbringt.

Und doch muß ich dir auch sagen, mein Freund, lasse in diesen Dingen die Vernunft nicht allein sprechen. Ohne Liebe wirb nicht; nur lasse die heiße und ungestüme Zuneigung nicht allein entscheiden.

Ich setze nun bei all meinen Ratschlägen voraus, daß du

ein schlichter, männlicher Charakter bist, dem es um die Gründung eines gesunden und fördersamen Familienlebens zu tun ist. So warne ich dich noch vor der Suche nach einer Frau, die Geld hat.

Lasse das Geld bei deiner Wahl nicht mitstimmen. Wenn dir die Frau das Geld bringt, so nimm es an; aber wenn dir das Geld die Frau bringt, dann kriegst du keine gute Frau, und wäre sie ursprünglich auch gut, durch deine unwürdige Wahl wird sie entweiht; sie fühlt gar bald, wem dein Werben galt, das innere Glück ist weg. Außerdem sind Töchter reicher Häuser zumeist verwöhnt, haben große Bedürfnisse und wenig Sinn für Arbeit und bürgerliche Häuslichkeit.

Hat aber deine Erwählte zufällig Geld, so brauchst du sie darum eben gerade nicht sitzen lassen. Eine gute Mitgift ist ja nicht zu verachten; dieselbe gewinnt sogar einen moralischen Wert, wenn sie ihren Ursprung dem Fleiße und tüchtigen Schaffen der Familie der Frau verdankt. Ferner gedeiht bei einer gewissen Wohlhabenheit ein inniges und herzliches Zusammenleben viel leichter als dort, wo nur Sorgen und Entbehrungen sind. Hingegen rate ich dir, den Ehevertrag so zu machen, daß ihr Vermögen ausschließlich ihr Eigentum bleibe. Das gibt dir moralische Vorteile, die sich im Laufe der Ehe sehr deutlich herausstellen werden.

Sind nun die Trauringe gewechselt, so haben meine Ratschläge eigentlich aufzuhören, denn in die Ehe der Kinder haben sich Eltern möglichst wenig einzumischen.

Du wirst ein ganzer Mann sein, mein Bursche, und wirst

selber wissen, was du zu tun und zu lassen hast. Sei kein flacher Galan gegen dein Weib, aber sei ritterlich, sei schlicht und liebevoll, sei für deine Familie jederzeit opferwillig und treu. Bewahre dir unter allen Umständen die Achtung deiner Frau, ihrer Liebe wirst du dann wert sein.

Sei fern von dem, was man Haustyrannen, und fern von dem, was man Pantoffelhelden nennt. Frauen haben viele Worte und Wünsche, lasse davon gelten, soviel du nur immer kannst; aber treibe die Rücksicht nicht etwa so weit, daß sie zur Rücksichtslosigkeit wird, indem aus Nachgiebigkeit etwas geschieht, was deiner Ehre oder dem Wohle eines Familienmitgliedes entgegen wäre.

Das paßt, glaube ich, für alle Fälle und wenn du als vernünftiger Mensch nach diesen Grundsätzen handelst, so wirst du dich nicht weit irren.

Mitunter stellen sich in der Ehe trotz alledem Differenzen ein, die sogar unlöslich scheinen und das häusliche Glück bedrohen. Glaube nicht daran, sei der festen Zuversicht, daß alles wieder gut wird, und strebe danach. Die Ehe zwischen zwei Menschen, die sich lieben, ist ein Himmel; wie soll der Himmel immer wolkenlos sein? Verzage im ärgsten Gewitter nicht, es reinigt die Luft, aber suche es stets zu vermeiden, denn es kühlt ab. – Sollte es sich jedoch trotz des besten Willens und jahrelangen Bemühens bestimmter und immer bestimmter herausstellen, daß hier ein Paar nicht zusammenpaßt, so klage nicht, beschuldige nicht, sondern handle. Löse nach möglicher Zufriedenheit beider Teile das Band. Es ist das ein Schnitt ins Herz, der herbe schmerzt und nimmer vernarbt, der kein wahres Glück mehr zuläßt; aber es ist besser als ein friedloses Zusammenleben, als ein fortwährendes Anhäufen von Bitterkeit und Unrecht.

Nein, mein Freund, so wird es nicht kommen. Ich habe das nur gesagt, weil du es vielleicht an anderen sehen wirst — damit du auch darüber meine Meinung kennst. Du wirst Freud' und Leid haben, wie jeder Mensch auf dieser Welt; du wirst um so mehr Freud' und Leid haben, je inniger du die Deinen liebst; aber eine solche Freude wird dich glücklich und ein solches Leid wird dich groß machen.

Ob wir an unseren Meinungen immer festhalten sollen?

Das sind die Weisen,
Die durch Irrtum zur Wahrheit reisen,
Die bei dem Irrtum verharren,
Das sind die Narren.
Friedrich Rückert

Von einem ganzen Manne wird verlangt, daß er in den wichtigsten Dingen dieses Lebens eine bestimmte Meinung habe, daran festhalte und danach handle.

Die meisten Leute sind jedoch in den meisten Dingen unklar, haben nur von einem eine bestimmte Meinung, und stets sogar eine sehr gute, nämlich von sich selber. Nun ist aber das von sich selber sehr gute Meinung haben eine sehr schlimme Sache. Je höher man sich selbst schätzt, je geringer wertet man andere, wie im Gegenteile die Menschenachtung stets zur Bescheidenheit führt.

Die Meinung über sich selbst unterliegt im Laufe des Lebens mehreren Wandlungen, unter welchen die Hauptfärbungen sind, daß der Jüngling sich für unwiderstehlich, der Mann sich für unüberwindlich, der Greis sich für unfehlbar hält. Um diesen Mittelpunkt der eigenen Person kreisen ihm entsprechend ganze Schwärme von Meinungen und „Überzeugungen“, die manchmal einander widersprechendster Natur sind, sich aber recht gemütlich miteinander vertragen und je nach Stimmung oder praktischem Bedarf hervorkommen.

Eine ernstbegründete Meinung, eine sich durch Erfahrung erworbene, feststehende Überzeugung, eine einheitliche Weltanschauung haben nur wenige Menschen.

Was die persönliche Weltanschauung anbelangt, so gibt es nach meiner Meinung deren zwei Hauptgattungen: erstens die anstudierte, angebildete; zweitens die angeborene. Die erste ist eine viel bewußtere als die zweite, man trägt sie in einer gewissen Form und abgerundeten Theorie bei sich, man weiß trefflich Rechenschaft über sie zu geben, sie ist sozusagen mundlich und handlich. Doch kann man diese Weltanschauung gelegentlich ohne weitere Gefährdung des persönlichen Charakters auch wieder umstudieren, hinwegbilden und von sich leben. Es ist die Weltanschauung von Fall zu Fall, mit der man nicht allein Philosophie, Politik, sondern auch Staat machen kann.

Die zweite, die angeborene Weltanschauung, die aus dem Temperament, der seelischen Artung entspringt, kann nicht so leicht gewechselt und abgelegt werden. Wenn sie kräftig ist, so kann sie auch durch Studium fremder Meinungen nicht überwunden werden; sie ist keiner äußeren und überzeugungsbeflissenen Gedankenmacht zugänglich, sie ist das, was man auch einen Starrkopf nennt. Nur bedeutende Lebenserfahrungen können eine solche Weltanschauung ändern, dann ändern sie aber auch den ganzen persönlichen Charakter. Denn was ich mit dieser angeborenen Welt- und Lebensanschauung meine, ist im Grunde ja nichts anderes als der Charakter. Der herzensheiterste Optimist kann durch schlimme Erfahrungen zum düstersten Pessimisten werden. Einfache Menschen werden sich ihrer Grundstimmung oft kaum bewußt, vermögen sie nicht auszusprechen, und doch empfinden sie dieselbe jeden Augenblick in dem, wie die äußeren Dinge ihnen scheinen und wie sie sich solchen gegenüber verhalten.

Wer an sich den allmählichen Wandel der angelernten Welt- und Lebensanschauung inne werden will, der soll einmal beobachten, wie seine Lieblingsdichter und Denker einander ablösen.

Viele Richtungen kommen an die Reihe, in jeder verweilt man, von mancher glaubt man sich nicht mehr zu trennen, und doch gleitet man unmerklich weiter, bis man wieder in einem anderen Kreise steht. Ich habe die Bibel und die Kirchenväter, Kant und Schiller, Schopenhauer und Darwin, Zola und Nietzsche durchlebt und andere, um schließlich wieder auf den Ausgangspunkt zurückzukommen. Manche einzelne Menschenseele macht in der Wanderung durch alle Philosophen und Dichter die ganze geistige Entwicklung der Menschheit durch, um endlich sich auf einem Punkt festzusetzen und einzuheimen je nach ihrer Naturanlage. Andere wandern immer, heimen sich nirgends ein; sie gewinnen dadurch eine große Fertigkeit im Denken und in der Auffassung, haben aber keinen Boden, auf welchem ein fester Grundsatz, ein strammer Charakter fußen könnte.

Es gibt Leute, die darauf kein Gewicht legen. Es gibt aber auch Leute, die man Prinzipienreiter und Grundsatzfexen nennen könnte, welche von dem Vorurteil beherrscht werden, als ob man von seiner einmal gefaßten Überzeugung nicht mehr abweichen dürfe. Man will das seinem Charakter schuldig sein. Dieses Vorurteil hat schon viel Verwirrung und Unheil angerichtet.

So lange ich von etwas eine bestimmte Überzeugung habe, muß ich allerdings um jeden Preis danach handeln. Wenn ich aber eines Besseren überzeugt werde — denn wie anders sollen die Prüfungen und Erfahrungen des Lebens verwertet werden, als daß man sich durch sie belehren läßt — dann bin ich es der Sache und meinem Charakter schuldig, daß ich nicht starrsinnig immer noch die alte Anschauung vertrete, sondern für die neugewonnene Einsicht Stellung nehme.

Ich kenne Parteimänner, die innerlich mit der Sache ihrer Partei längst gebrochen haben, jedoch verpflichtet zu sein glauben, äußerlich an derselben festzuhalten. Sie möchten nicht gerne als „Windfahnen", „Abtrünnige" usw. verlästert werden; der Partei-Terrorismus ist groß, und es gehört einiger Mut dazu, ihm zu trotzen, um sich selber treu zu bleiben. Treu ist der sich nicht, welcher unter allen Umständen an einem als vage erkannten Prinzip festhält; treu ist der sich, welcher unermüdlich nach besserer Erkenntnis trachtet, die dadurch entspringende Veränderung seiner Meinung freimütig eingesteht und die neue Überzeugung auch im Leben betätigt.

Jeder gewissenhafte Mann wird sich wohl sehr besinnen, bevor er sich für etwas unlöslich bindet; er wird seine Meinung und seinen Willen, also seine Seele, nicht der unbeherrschbaren Strömung einer bestimmten Partei verschreiben, sondern sich freie Bewegung vorbehalten. Anders ist es bei dem Soldaten, der ist kein moralischer Faktor, sondern ein Gegenstand, wie eine Maschine, eine Waffe es ist, die von einem höheren Willen geleitet wird. Und anders ist es bei dem freien Mann, der darum in die Schule gegangen ist und unermüdlich forscht und prüft, damit er zu einer klaren Erkenntnis des Wahren und Guten komme und danach wirken könne.

Parteien haben manchmal ihre versteinerten Dogmen, die den Verhältnissen des wechselvollen Lebens nicht Rechnung tragen; oder sie haben ihre selbstsüchtige Praxis, andere zu übervorteilen. Ein Geist mit weiterem Weltblick und gerechtem Wollen kann mit solchen Parteien nicht gleichen Schritt halten.

Der Mensch muß nun allerdings feste Grundsätze haben, denen er fürs Leben treu bleibt. Solche Grundsätze können zeitweilig recht gut Hand in Hand gehen mit Parteibestrebungen und Geistesrichtungen, aber endlich wird es Zwiespalt geben. Denn die edelste Idee, wenn eine Partei sich ihrer bemächtigt, kann zu Tode gesündigt werden.

Zum Beispiel, dein dir angeborener, aus deiner wohlwollenden Natur entsprungener oder auch durch Bildung und Erfahrung erworbener Grundsatz wäre Güte und Gerechtigkeit. Mit diesem Grundsatze kannst du dich anschließen einer Kirche, welche die christliche Liebe befolgt, zur Warmherzigkeit ermahnt, die Armen erhebt, die Kunst fördert und im Menschen ein geistiges Reich aufbaut, das nicht von dieser Welt ist. Allmählich merkst du, wie diese Kirche eine große Unduldsamkeit gegen andere Kirchen und alle Menschen hervorkehrt, die nicht in ihrem Kreise leben; sie strebt weltliche Herrschaft an, sie unterdrückt die Schule eines freien, geistigen Lebens, und sie verdammt jeden, der seiner eigenen Wege geht. – Jetzt wirst du dich von dieser Kirche abwenden müssen, denn sie entspricht deinem Grundsatze nicht.

Du kannst mit dem Liberalismus gehen, denn er trachtet die materielle und geistige Freiheit der menschlichen Entwicklung zu wahren und er achtet alle braven Menschen ohne Unterschied der Konfession, der Nation, der Rasse. Allmählich artet dieser Liberalismus aus in Gleichgültigkeit gegen sittliche Güter, in Gewissenlosigkeit und Freizügigkeit zu eigennützigen Interessen. – Jetzt wirst du dich von einem solchen Liberalismus abwenden, denn er entspricht deinem Grundsatze nicht.

Du konntest einverstanden sein mit einem Antisemitismus, der den zu großen materiellen und moralischen Einfluß einer fremden Rasse bekämpfen will, aber du mußtest dich abwenden von ihm, als er anfing, die Juden mit allen, auch den niedrigsten Mitteln zu verfolgen, sie rechtlos, heimatlos zu machen, in ein Elend zurückzustoßen, in welchem sie neuerdings entarten, ihre der Allgemeinheit schädlichen Eigenschaften neuerdings konzentrieren und ausbilden müßten. Denn das entspricht deinem Grundsatze nicht.

Du konntest Monarchist sein, bis der Absolutismus dich

erschreckte; du konntest dich begeistern für die Volksherrschaft, bis die rohe Zügellosigkeit der Parteien, die Gewissenlosigkeit der Führer dich empörte. Du konntest Herz haben für die sozialen Bestrebungen der Arbeiter, bis die rote Revolution dir ein Licht anzündete.

Du hältst es mit der freien Forschung und Wissenschaft, weil du glaubst, daß die Erkenntnis der Wahrheit die Menschen besser und glücklicher machen müsse. Nun siehst du aber, daß man die Wissenschaft zum Selbstzwecke machen will, welchem Menschen und Tiere geopfert werden; du erfährst die dogmatischen Neigungen der Zunftgelehrten. – Obzwar der Wissenschaft als solcher deine Achtung bewahrend, mußt du dich abwenden von ihren Folgerungen oder Folgen, denn sie entsprechen deinem Grundsatze nicht.

Du erwärmtest dich für den gesunden Realismus in der Kunst und Dichtung, bis der Realismus ausartete in die Einseitigkeit des Häßlichen und Abscheulichen. Da wandtest du dich mit Ekel ab, denn dein Grundsatz verlangt, daß die Kunst das menschliche Leben verschönere.

So hast du über Kirche, Politik, Philosophie, Wissenschaft, Kunst usw. deine Meinung geändert, aber nicht aus Unbeständigkeit (unbeständig waren eben die anderen, die dem Zufälligen und Wandelbaren des Tages anhingen), sondern gerade aus Beständigkeit, aus Treue zum ursprünglichen Charakter.

Man wird dich vielleicht deswegen einen Abtrünnigen nennen. Trotzdem bleibst du ein Mann, den Idealen treu.

Du wirst dich nie von der sogenannten öffentlichen Meinung leiten lassen, nie einer Ansicht darum huldigen, weil sie die Mehrzahl teilt. Eine Idee, welcher die Massen nachjagen, ist ohnehin schon verdächtig; sie kann gut sein, wird aber weit öfter den Sinnen und Leidenschaften schmeicheln und zum Unheil führen. Du wirst weder nach der Menge Beifall streben, noch ihre Macht fürchten. Der Menge Macht ist nichts; im schlimmsten Falle kann sie dich töten. Dich dir untreu machen kann sie nicht, wenn du nicht selbst willst.

Du wirst auch nicht ausgeschlossen haben, zu dieser Richtung oder jener Partei, die du aufgeben mußtest, wieder zurückzukehren, sobald du mit ihren geänderten Bestrebungen grundsätzlich wieder einverstanden sein kannst. Wie du traktiert wirst, das weißt du. Die Partei, von der du dich abwendest, nennt dich einen Renegaten; die Partei, der du dich zuwendest, nimmt dich als großen Ehrenmann. Gegen Schimpf und Lob bist du längst gleichgültig geworden, die sogenannte Volksvertretung und die Parteipresse haben im Schimpfen und Lästern das äußerste geleistet, man ist abgehärtet und nimmt nichts mehr ernst. Durch den Mißbrauch sind die abscheulichsten Schimpfwörter, die unbändigsten Ehrabschneidungen wirkungslos geworden, so daß eigentlich die Möglichkeit wirklicher öffentlicher Beleidigungen aus der Welt geschafft worden ist. So geht es, wenn man zu viel umherhaut; die Waffe wird schartig, stumpf oder springt gar ab, so daß der wütende Kämpfer am Ende nur mit dem bloßen Griff umherfuchtelt, in der Meinung, er richte ein schauerliches Blutbad an. Die Parteien sind heute nicht mehr da, um in sich etwas zu schaffen, sondern dazu, um andere Richtungen zu befehden. Die Zeitungen sind nicht mehr da, um zu berichten, aufzuklären, sondern dazu, um Polemik zu treiben gegen alle Welt. Es ist ein ergötzliches Schauspiel in unserer Presse; die liberalen Blätter sagen: Die Klerikalen und die Antisemiten halten zusammen; und schimpfen auf sie. Die Klerikalen beteuern: Die Antisemiten und Nationalen halten zusammen; und schimpfen auf sie. Die Nationalen behaupten: Die Antisemiten und die Aristokraten halten zusammen; und schimpfen auf sie. Die Aristokraten meinen: Die Klerikalen und die Sozialdemokraten halten zusammen; und schimpfen auf sie. Die Sozialdemokraten schreien: Sie alle halten gegen uns zusammen; und schimpfen auf alle.

Wo ist der ernste Mann, der den Versuch machte, einen solchen politischen Rattenkönig zu entwirren?

Das eine Blatt führt die Hohnfreiheit ein, das andere die Denunziationsfreiheit; das dritte die Lügenfreiheit. Nichts, was sonst als Grundpfeiler der Kultur und Moral aufrecht stand, ist mehr als heilig, wenn es sich um Parteiinteressen handelt. Unter der Maske der Parteiinteressen schaut ihnen aus den Augen persönliche Scheelsucht, Brotneid, Haß und anderlei Liebenswürdiges. Wo ist der sittlich strebende Mann, welcher zuliebe derartige Umtriebe etwas von seiner inneren Überzeugung opfern möchte? Dem einzelnen Mann wird alle Tugend vorgeschrieben; in den großen Parteien geht alle Schlechtigkeit vor sich. Dem einzelnen Mann wird verboten, mit seiner Zunge ein unwahres Wort zu sagen; die Zeitungen lassen die größten Lügen drucken in vielen Tausenden von Blättern. Und was das Volk an jener Stätte lernen kann, wo die Volksvertreter zusammenkommen, „um über das Wohl des Reiches zu beraten“, das sei hier verdeckt mit dem Wunsche, der Reichsrat tage unter Ausschluß der Öffentlichkeit.

Diese Zustände sind absolut gefährlich. Doch hoffe ich, daß ich meine Meinung über sie einmal werde ändern können. Dann werde ich mit Freuden gestehen: Ich habe mich geirrt. Wenn ich zur Einsicht komme, daß die Klerikalen wirklich nur beseelt sind von der Absicht und der Überzeugung, durch den Katholizismus die Menschheit zu versöhnen, zu erhöhen und gesitteter zu machen, so komme ich zu ihnen und bitte ihnen manches zornige Wort ab, das gegen sie ausgesprochen worden. Wenn ich innerlich überzeugt werden könnte, daß es den Antisemiten wirklich um die Ausrottung jener Laster zu tun ist, die sie den Semiten zuschreiben, so würde ich nicht zögern, es laut zu sagen, wie sehr ich bedauere, ihnen Unrecht getan zu haben.

Ich verpflichte mich mit dieser Versicherung zu etwas nicht ganz Leichtem. Denn jemandem – sei es einer Person oder einer Partei – für ein zugefügtes Unrecht volle Genugtuung zu leisten, ist eine Sache, welche der Eitelkeit wehe tut und die deshalb so mancher mit seinen Grundsätzen und Ehrbegriffen nicht für vereinbar finden will. Ich halte aber das für eine der allerernstesten Pflichten des

Mannes. Sich irren und fehlen kann auch der Gewissenhafteste, ein Wicht wird er erst, wenn er den Irrtum einsieht, ohne den Mut zu haben, ihn zu berichtigen.

Nicht darum handelt es sich, daß der Mann Grundsätze habe, sondern darum, daß er die richtigen habe.

Vom Frieden des Herzens

Unsere nervös aufgeregte Zeit kennt stoische Ruhe nur von der Frau Hörensagen. Wenn doch einmal einer ist, der sie praktisch übt, dann gilt er für einen Sonderling, als solcher eigentlich jeder hervorragende Mensch bezeichnet werden darf. Für eine Zeit, deren Motto „Kampf ums Dasein" ist, paßt der Stoiker nicht; mit dem Alles-gut-sein-Lassen kommt man nicht bloß nicht weiter, man wird an die Wand gedrückt, bis der letzte Blutstropfen herausgepreßt ist.

Und doch ist der Stoizismus, das „Lei lassen", jener klassischen Philosophie ein großartiger Standpunkt, an dessen Brüstung jedes Unglück zerschellt, denn das Unglück ist ohnmächtig, wo es nicht anerkannt wird, wo es nicht imponieren kann. Der Stoiker läßt sich nicht imponieren, nicht vom Glück und nicht vom Unglück, und das ist seine Stärke, seine Unüberwindlichkeit.

Ich möchte den Stoizismus anführen als ein sehr wirksames Gegengewicht zu unseren modernen Dämonen. Ich für meine Person formuliere ihn mit dem Grundsatze: Wolle, was geschieht, und es geschieht, was du willst.

Da lebte im alten Rom ein Sklave namens Epiktet, der war trotz seiner Sklavenketten freier als der Cäsar, er war so frei, als je ein großer Geist frei sein kann. Er war von der Schule der Stoiker, der immer Gelassenen; und die Grundgedanken seiner Weltanschauung, die uns neuerlich auch

Hilty in seinem bedeutsamen Werk „Glück“ ins Gedächtnis gerufen hat, will ich nach diesem hier andeuten, denn es ist gut zu wissen, was Stoizismus ist und was man sich zu denken hat unter stoischer Ruhe, die uns den Frieden des Herzens geben kann.

Du sollst nur das tun wollen, was in deiner Macht steht, alles andere lasse dich nicht kümmern. In deiner Macht steht der Wille, das Wollen, wo eine Wahl vorhanden ist. Du hast vorerst zu prüfen, was in des Menschen Macht steht, und was nicht. Was du in dieser Macht tust oder versäumst, das ist wirkliches Glück oder Unglück, alles, was von außen, von Natur wegen, von Geschick wegen kommt, das soll dich gleichgültig lassen, denn du kannst nichts dazu und nichts davon tun. Verabscheust du etwas, das zu verhindern oder abzuwenden in deiner Macht steht, so wirst du das Verabscheute eben anwenden und glücklich sein können. Verabscheust du aber z. B. einen bösen Zufall, die Krankheit, das Altern, den Tod, so wirst du verzweifeln, weil du das Verabscheute doch nicht abwenden kannst. Hüte dich also, etwas zu begehren, was nicht in deiner natürlichen oder sittlichen Macht steht. Je weniger du wünschest, je leichter erfüllen sich deine Wünsche. Bedenke bei allem, was du hast, seine Natur. Besitzest du einen Krug, so denke vorweg, daß Krüge zerbrechen können. Besitzest du Weib und Kind, so halte dir immer vor Augen, daß sie sterben können, dann wird der Verlust, als vorausgesehen, dich nicht in Verzweiflung stürzen. Wenn du willst, daß dein Besitz ewig dauere, daß dein Weib ewig lebe, daß deine Kinder fehlerlos seien, so bist du ein Narr. Trittst du in die Ehe, ohne zu bedenken, daß du Kummer und Sorge heiratest, so bist du ein Tor. – Lasse dir täglich alles denkbar Ungemach vor Augen stehen, und du wirst nicht hochmütig und nicht feige sein. – Trittst du eine Reise an, so denke im vorhinein: was kann mir auf dieser Reise zustoßen? Ich kann beraubt werden, mein Wagen kann herabstürzen, ich kann erkranken und in der Fremde sterben. Unternimmst du die Reise trotzdem und es tritt das Unheil ein, so wirst du dir sagen: ich habe diese Möglichkeit ja freiwillig gewählt; kommt das Unheil nicht, so wirst du um so froher und dankbar sein. – Nicht die Dinge selbst beunruhigen uns, sondern die Meinung, die wir darüber haben. Der Verlust an Gütern ist an sich nichts Schreckliches, denn wir sehen sehr viele Menschen ohne diese Güter glücklich sein. Aber unsere Meinung, daß der Verlust schrecklich sei, macht uns Sorge und Angst. – Sprich nie: ich habe eine Sache verloren, denn du hast sie nie besessen, sie war dir nur geliehen, und sie zurückgeben, heißt die Sorgen und Verantwortlichkeit ablegen, die das Leben dir verursacht hat. – Denke nicht: wenn ich mein Vermögen sorglos behandle, so werde ich darben müssen; besser, es darbt der Leib, als es ist die Seele gedrückt. – Rufst du deinen Knecht, und er kommt nicht, so denke nicht gleich, der Mensch sei boshaft, sondern er werde deinen Ruf nicht gehört haben. Schickt es sich nicht für deinen Knecht, ungehorsam zu sein, so schickt es sich noch weniger für den Herrn, sich zu ärgern. Wenn der Knecht den

Herrn ärgern kann, so ist dieser der Knecht und jener der Herr. — Bist du weise, so mach dir nichts daraus, für dumm gehalten zu werden. Bist du redlich, so kannst du Ehrabschneidung leicht ertragen. Nicht, daß man dich auf die Wange schlägt, beunruhigt dich, sondern deine Vorstellung, daß es eine Schande sei. — Beim Gastmahl des Lebens strecke nicht vorweg die Hände aus nach deinem Lieblingsgericht, sondern warte bescheiden, bis es der Reihe nach an dich herankommt. Verzichtest du auf das Angebotene, dann bist du ein göttlicher Mensch. Verzichten können allein macht souverän. Zeige mit den Leidenden Mitleid, suche aber im Inneren deine Fröhlichkeit; ein Leiden auf sich nehmen, ohne es einem anderen erleichtern zu können, ist töricht. — Bedenke, daß dieses Leben ein Drama ist, und daß du darin eine Rolle zu spielen hast. Stellst du einen König vor oder einen Bettler, gleichviel, Hauptsache ist, daß du deine Rolle gut spielst. Du willst doch nicht gerade Fürst oder Feldherr sein, sondern frei und in der Freiheit deine Sache gut machen. — Wohlgeschick, Mißgeschick , das seien deine rechte und linke Hand, gebrauche beide, dann wird werden, was werden mag. Gebärde dich nie stolz; was du als das Beste erkannt hast, dabei bleibe, als ob dich Gott auf den Posten gestellt hätte. Beharrst du, so verlacht man dich vielleicht, gibst du den Leuten nach, so verlachen sie dich doppelt. Gibst du dich auf, um der Welt zu gefallen, so hast du dich verspielt. — Wirst du zurückgesetzt, so hast du den Vorteil, nicht dankbar sein zu müssen. Mit Annahme von Würden und

Gütern verkauft man sich nur allzu häufig. — Stirbt ein Nachbar, so sagst du, das ist Menschenlos; warum sagst du nicht das gleiche, wenn dein Geliebter stirbt? — Das Unglück ist nicht da, um ihm auszuweichen, sondern um es gelassen zu besiegen.

Du hütest deinen Leib vor der Gewalt anderer; warum setzest du ihnen dein Gemüt schutzlos aus, indem du dich nach ihren Launen erfreuen oder betrüben läßt? Mache dich wetterfest gegen willkürliche Einflüsse Fremder. Wenn du nicht willst, kann dich niemand kränken; gekränkt bist du nur, wenn du dich für gekränkt hältst. Mit den Leuten kann nur der auskommen, dem sie gleichgültig geworden sind. Du mußt dich von den Leuten möglichst absondern; was sie dir geben können, hat nicht den Wert dessen, was du ihnen opfern mußt: Freiheit und Unbeugsamkeit. Du sollst ein einheitlicher Mensch sein — ein guter oder ein schlechter.

Sei überzeugt, daß ein Gott ist, der die Welt gut und gerecht regiert, und daß du bestimmt bist, ihm zu gehorchen. Seine Anordnungen kann dein kleiner Verstand nicht fassen, und wenn er deine Person der Allheit opfert, so ergib dich, in der Allheit wirst du dich wiederfinden. Gott läßt dich nicht aus der Hand, da kannst du ruhig sein. — Suche, soweit es in deiner Macht steht, einen tüchtigen, charakterfesten Menschen aus dir zu machen. Verweile nicht lange bei körperlichen Dingen, bei Essen, Trinken usw. Habe nur Notwendiges um dich, nicht Luxus, so kannst du wenig verlieren, und der Zufall hat keine rechte

Macht über dich. Was die Welt dir antun kann, sei dir zu nichtig, was sie dir geben kann, sei dir zu wenig – das ist der edle Stolz des Ewigkeitskindes.

Sprich nicht viel, nur das Notwendigste, auch das mit wenig Worten. Rede nicht viel von Tagesneuigkeiten, von Sport, von Essen und Trinken, von deinen Taten und überstandenen Gefahren, am wenigsten über Fehler anderer. Lenke in Gesellschaft das Gespräch stets auf wichtige und höhere Dinge, gelingt dir das nicht, so schweige und entferne dich. – Lache nicht über alles und denke, daß Leute, die gern lächerliche Dinge erzählen und ständig Witze machen, von gemeiner Natur sind. – Wandelt dich sinnliche Lust an, so bedenke zwei Zeitpunkte: den Augenblick des Genusses und den der knapp darauffolgenden und länger andauernden Reue. – Wenn dir jemand Böses nachredet, so verteidige dich nicht, sondern sage: meine andern Fehler wußte er wohl nicht, sonst hätte er nicht bloß diese angeführt. Wer über dich Böses sagt, der tut's, weil er meint, er habe recht. Tut er dir unrecht, so ist der Nachteil ja auf seiner Seite, weil er im Irrtum ist.

Viel Theater- und Kunstbesuch sollst du nicht treiben, derlei verflacht den Menschen. Wenn du schon auf das Leben keinen großen Wert legst, um wie weniger kannst du den Abklatsch des Lebens bewundern. – Was nach deiner Überzeugung recht ist, das scheue dich nicht, öffentlich zu tun, auch wenn die Menge darüber anders denkt, aber hüte dich, etwas aus Trotz gerade darum zu tun, weil es andere nicht wollen.

Sprich nicht viel von Grundsätzen, sondern handle nach solchen. Trinkst du nur Wasser, so sage nicht bei jedem Anlaß: ich trinke nur Wasser, denn sonst hebt der Fehler der Eitelkeit die Tugend der Enthaltsamkeit auf. Trinkt jemand viel Wein, so sage bloß, er trinkt viel Wein, und tadle nicht, weil du ja seine Gründe nicht kennst.

Der Weise erwartet Nutzen und Schaden nur von sich selbst. Er tadelt niemand, lobt niemand, beklagt sich über niemand, und wenn andere ihm es tun, so bleibt er gleichgültig.

Das nun sind etliche Grundsätze des Stoikers, die den Weg bezeichnen, der zum Frieden des Herzens führt. Sie haben Ähnlichkeit mit der Lehre Christi, nur daß diese noch reiner und vollkommener ist. Man wird schon gemerkt haben, daß diese Lebensführung – der Liebe mangelt. Die Nächstenliebe verträgt sich schwer mit dem Stoizismus; tröstet man sich zwar über eigenes Mißgeschick, so tröstet man sich nicht über das Leid anderer, die nicht Stoiker sind. Aber trotzdem ist die Liebe wert des Leidens, das aus ihr entsteht, und hier hebt das Christentum an. –

Nach dem Stoiker soll der Mensch alles, was aus sich zu machen ist, aus eigenem festen Willen, aus eigener Kraft machen. Das Christentum verlangt noch mehr, weiß aber, daß der Mensch das aus sich allein nicht kann, und verheißt dem Strebenden die Gnade Gottes, wenn er an sie glaubt. Dieses Glauben an die Gnade mag der Philosoph zehnmal Selbstsuggestion oder anderswie nennen – es bedeutet eine Kraft, die dem Ungläubigen in solcher Art nicht beschieden ist. Im ganzen aber gelingt es jedem, der das Verlangen hat, durch unsere angeführten Grundsätze dem Frieden des Herzens nahezukommen.

Vom Wohlwollen

Kam einmal ein junger Schöngeist zu einem bekannten Mann mit der Bitte, daß dieser ihm etwas in sein Handschriften-Album schreibe. Sei es was immer, bloß eine Zeile, ein paar Worte, wenn auch nur den geschätzten Namen, und wie solche bescheiden tuenden Plagegeister sich eben auszudrücken pflegen.

Der Mann, welcher als berühmt galt, schrieb also in das Album folgende Worte: „Das Beste, was wir auf dieser Welt tun können, ist, unseren Mitmenschen recht viele kleine Freuden zu machen."

„Ah, wie hübsch! Wie nett!" rief der Schöngeist aus, insgeheim aber dachte er: Das ist ein sehr ledernes Ding. Wenn ein so berühmter Mann nichts Geistreicheres weiß, so sollte der das Sprücheschreiben lieber bleiben lassen. – Er hätte nämlich etwas recht Pathetisches, Himmelstürmerisches gewünscht, oder einen originellen, auch witzigen Ausspruch, der dann von seinem Album aus als geflügeltes Wort durch die Welt gezogen wäre. Nun steht der philisterhafte Spruch vom Gutestun darin, und zwar vom Gutestun in seiner kleinlichsten Weise für den Alltagsmenschen.

Es vergingen die Jahre, der Schöngeist trat in den Kampf des Lebens ein, erlebte Erfolge, Enttäuschungen, Unrecht, beging Fehltritte und mußte leiden. Und als er nach solchen Stürmen in den stillen und kühlen Hafen des Alters einfuhr, da blätterte der weißlockige Greis eines Tages in seinem vergilbten Handschriften-Album. Bei mancher großartig angelegten Phrase schüttelte er den Kopf, bei manchem barocken Witze spielte ein säuerliches Lächeln um seinen Mund. So kam er auch zu den Worten „Das Beste, was wir auf dieser Welt tun können, ist, unseren Mitmenschen recht viele kleine Freuden zu machen."

„Das ist's!" rief der Mann aus. Ja, er hatte es in der Schule des Lebens erfahren, daß die Größe und der Wert des Menschen nicht in weltbewegenden Taten liegt, sondern in dem treuen Wohlwollen, welches er Tag für Tag seinen Nebenmenschen entgegenbringt. Solch unwandelbares Wohlwollen macht unser Leben anmutig, unser Haupt hell, unser Herz glücklich.

In dem sogenannten Kleinen, das an jedem Orte und an jedem Tage lebt und wirkt, ist das eigentliche Große, so in der äußeren Natur und so in der inneren menschlichen, der moralischen. — Ich hatte zwei Freunde, also sann nun der Greis. Der eine davon hatte mir einst eine große, für mein Leben maßgebende Wohltat erwiesen, und zwar mit Aufopferung seiner selbst. Dann war er zurückgetreten, und wenn er mir auch nicht gerade aus dem Gedächtnisse schwand, wenn ich ihm auch ein dankbares Gedenken bewahrte, so war mein Gemüt für ihn doch allmählich kühler geworden und es stellte sich in mir die Vermutung ein, ob nicht etwa auch ohne jenen Freund mein Wohl sich vollzogen hätte. — Der zweite Freund hatte mir nie einen bedeutenden Dienst erwiesen, aber er war und blieb um mich mit aller Wärme seines Wesens, er zeigte mir jeden Tag eine kleine Aufmerksamkeit, und konnte es nicht mehr sein – denn er war ein einfacher, vermögensloser Mann – so war es wenigstens ein freundliches, teilnehmendes Wort, und ich war immer so recht überzeugt, daß mein Glück ihn freute und mein Unglück ihm naheging. Diesen gütigen, wohlwollenden Menschen gewann ich so lieb, daß er mir weit näher stand, als andere, denen ich eigentlich Bedeutenderes verdankte. – Man soll also den Menschen schätzen nicht nach dem, was er uns tun kann, sondern nach dem, was er uns ist. Geld und Taten sind auf dem Markte zu haben, aber Wohlwollen und treue Gesinnung ist etwas, das selbst der Fürst nicht kaufen kann, das dem einen versagt, dem anderen geschenkt wird und das wie eine Gnade Gottes ist. Wenn ich das ins Kleinbürgerliche übersetze, so bin ich beim Sprichwort: Kleine Geschenke erhalten die Freundschaft! Nicht „große Opfer", heißt es, sondern „kleine Geschenke", Aufmerksamkeiten, wohlwollendes Benehmen. Wer diese geringen Dinge verachtet, der verachtet die Menschen und er wäre größerer Opfer, die er nicht verachten würde, unwert.

Wie wohltätig ist uns im Elende, im Leibe ein warmherziges Wort unserer Mitmenschen! Es vermindert ja an und für sich das Leid nicht, aber das Bewußtsein treuer Teilnahme erhebt uns, so wie im Gegenteil gerade im Elend und Schmerz uns ein kaltes, herzloses Benehmen am tiefsten verletzt. Ich hatte ein Kind, welches in seinem fünften Lebensjahre eine schmerzhafte Krankheit zu ertragen hatte. Da wimmerte es in den langen Nächten leise vor sich hin, nur wenn der Schmerz gar zu groß wurde, hob es bittend die Händchen: „Vater, tröste mich ein wenig!" –

Und der Greis sann weiter: So wie eine lange Reihe von gewöhnlichen Wohltaten für unser Lebensbehagen von wesentlicherem Werte ist als ein einziges großes Opfer, so ist umgekehrt eine lange Reihe von kleinen Bosheiten, Mißwollen und Giftigkeiten, die wir erfahren müssen, für unser Dasein eine größere Not und Plage, als ein einziges großes Leid, das uns jemand antut. Ich habe das erfahren müssen. Nicht der war mein größter Feind, der mir im Jähzorn mein weltliches Gut vernichtete, so daß ich ein Bettler wurde; welcher mir in leidenschaftlichem Hasse den guten Namen raubte, so daß die irregeführten Leute höhnend mit Fingern auf mich zeigten. Das Gut wurde wieder gesammelt, der gute Ruf neuerdings geklärt, der Missetäter büßte seine Verbrechen, ich ging reiner und gehobener aus der Trübsal hervor, als ich früher gewesen, und es ist alles verziehen und vergessen.

Aber ich hatte einen anderen Genossen, der unter dem Mantel der Wohlgesinnung und Vernunft mich jeden Tag mit Nadelstichen peinigte, mit kleinen Bosheiten neckte, der immer froh war, mir etwas Unangenehmes sagen zu können, meinen Angelegenheiten schnurstracks entgegenstrebte und sich nebenbei stets als meinen besten Freund hinstellte. Dieser „Freund" war es, der mir das Leben nachhaltig verdorben und vergiftet hat. Dieser gute Freund mit seinen täglichen kleinen Gaben von Mißgunst und Bosheit, von Launenhaftigkeit und Ichsucht hat mir um so mehr Bitternis und Leid zugefügt, als ich treu für ihn fühlte und gerade von ihm mir Güte und Liebe am wohlsten getan hätte.

Das menschliche Glück, sofern es von außen abhängt, wird nicht gemacht durch wissenschaftliche Kenntnisse, Erfindungen und Komfort, nicht durch politische Großtaten, Macht, Ruhm usw., es wird gemacht durch das, wie sich unsere Mitmenschen im täglichen Verkehr zu uns stellen, ob sie unsere Arbeiten schätzen, fördern, uns wohlgesinnt erquicken und erfreuen, oder ob sie mißwollend unsere kleinen Bestrebungen durchkreuzen, unserer Neigungen spotten, uns zu jeder Stunde etwas Schlimmes antun können und so unsere Seele allmählich kopfscheu und verzagt machen.

Menschen mit solchen Erfahrungen pflegen sich allmählich in sich zurückzuziehen hinter einen Igelpanzer, vor den feindlichen Freunden die verwundbaren Stellen dadurch zu schützen, daß sie — die sonst oft Mitteilsamsten, Vertrauensseligsten — einsilbig werden, vielleicht ganz verstummen. Wohl mag es geschehen, daß die im einsamen Gemüte aufgespeicherte Bitterkeit in einem unbewachten Augenblicke sich plötzlich Luft macht und wild hervorbricht — um freilich dann für immer in ein todesähnliches Schweigen zu versinken.

Viele Leute haben die Eigenschaft, das täglich von Menschen erfahrene Übel auf der Stelle auch zurückerstatten zu können; sie bleiben nichts schuldig, sie „tragen nichts nach", wie sie sagen, und ihr Vorteil ist, daß sie stets ein unbeschwertes Gemüt haben. So leicht und schnell sie beleidigt sind, so schnell können sie auch wieder vergessen. — Das sind die seichten Naturen, in denen Liebe und Treue ebensowenig Wurzel faßt als Haß und Groll. Bei einem tiefer angelegten Menschen haftet das Böse, das ihm angetan worden, nicht minder hartnäckig als das Gute, er wird es verzeihen, aber nicht vergessen können.

Tatsache ist, daß Freunde, Geschwister, Eheleute sich oft gegenseitig größere und gefährlichere Feinde sind, als jene, gegen die wir beständig eine Million Soldaten in Bereitschaft halten.

Wir haben zwar nicht das Recht, von jedem unserer Mitmenschen Liebe in höherem Sinne zu beanspruchen, aber Wohlwollen dürfen und müssen wir von jedem fordern, weil es vor allem in der Tiefe unserer Natur liegt, selbst wohlwollend zu sein. Wenn wir an die Tiere denken, in wie vielen finden wir eine Bosheit der Bosheit willen? Selbst in dem gefürchtetsten Raubtiere nicht. Ihre Gefährlichkeit kommt daher, weil sie Nahrung haben müssen, weil sie demnach von natürlichen Feinden umgeben sind und sich der feindselige Instinkt gegen dieselben vererbt hat. Was das Tier Schlimmes tut, dafür hat es stets einen praktischen Grund, es will sich verteidigen und schützen, es will seinen Hunger stillen, es will seine Fähigkeiten messen — das sind die rohen Gründe der Selbsterhaltung. Diese Gründe fallen bei dem Kulturmenschen weg; sein Mißwollen, seine kleinen Bosheiten, die Scheelsucht, die Verleumdungssucht, die Zanksucht, der Trotz, die Eitelkeit, Hoffart usw. sind nicht dem Selbsterhaltungstrieb entsprungen, sondern anerzogene Fehler und Laster, die der Selbsterhaltung, weil der Behaglichkeit und Freude des gesellschaftlichen Lebens, mehr schaden als nützen.

Hilfreich und gut sein, das allein unterscheidet den Menschen von anderen Geschöpfen. Diese Meinung des großen Dichters haben die edelsten Geister aller Zeiten vertreten und gelehrt. Obzwar wir gegenwärtig in einer Epoche leben, in der es fast scheint, als ob die Brutalität höher geachtet würde als die Güte und das Wohlwollen, so werden diese letzteren Merkmale der Göttlichkeit doch wieder zu Ehren kommen. Die rohe Kraft ist nötig, daß in wilden Zeiten sich ein Individuum, ein Volk im Kampf ums Dasein behauptet; aber das Wohlwollen der Menschen zueinander ist die erste Grundlage zur Sittlichkeit und Förderung des menschlichen Geschlechts.

Wenn jemand starr und leidenschaftlich einen einseitigen Parteistandpunkt vertritt, so wird ihm von den Gegnern leicht der Vorwurf gemacht werden, er tue es aus eigennützigen Gründen, entweder um sich Güter zu erwerben, oder eine gute Stellung oder die Herrschaft oder irgendeinen anderen Vorteil. Das mag oft zutreffen, sehr oft! Aber doch nicht immer. Ich kann mir Leute denken, die voll Wahrhaftigkeit, Redlichkeit und Selbstlosigkeit sind und sich doch arg verrennen in eine Sackgasse, verbohren in einem Irrtum und lieber das Leben lassen möchten, als sich von ihrer Richtung zu bekehren.

Daran ist viel die Naturanlage Ursache, und auch die genossene einseitige Schulung, Erziehung, Bildung. Durch genannte Mittel kann der Menschengeist systematisch geformt und in beliebige Richtungen gebracht werden, das ist doch nicht zu leugnen. Ein junger Theologe, der nur immer die orthodoxen Lehren vernimmt, nur die gleichen einschlägigen Schriften liest, immer in gleichgesinnten und gleichstrebenden Kreisen lebt, wird sich allmählich einen Gedankengang, einen Vorstellungskreis aneignen, der wetterhart ist und nicht durch Gegenvorstellung beeinflußt werden kann. Dasselbe erreicht eine militärische, eine aristokratische Erziehung. Ein alter, standesverknorrter Soldat, der von der Pike auf gedient hat, muß der Überzeugung leben, daß der Soldatenstand der wichtigste und gerechtfertigste aller Stände auf der Welt ist, er kann gar nicht anders denken, und die trifftigsten Argumente dagegen können ihn höchstens nur in Wut bringen.

Mancher reitet seinen Esel, bildet sich aber ein, ritterlich auf einem arabischen Streitroß zu sitzen, indem er das Reitpferd eines Gegners mit verächtlicher Miene Langohr schimpft. In Parteisachen ist dieselbe Geschichte, der Reaktionär hat eine andere Art zu denken, eine andere Logik, wenn man will, als der Liberale, der Antisemit eine andere als der Philosoph, der Naturheilarzt eine andere als der akademische Doktor der Medizin, und immer so weiter. Jeder hat sich seine besondere Art von Vorstellungen, von Folgerichtigkeit, von Überzeugungen und Wissenschaften angebildet, sich für seine Neigung und für seinen

Bedarf sozusagen eine eigene feste Burg gebaut, in die er keinen fremden Einfluß kommen läßt, die er, je nach Naturanlage und Takt, ernst, würdig und klug oder roh und täppisch verteidigt. Denn scheinbar begründen läßt sich alles, alles auch auf ein wissenschaftliches Postamentlein stellen und mit schönen philosophischen Aussprüchen schmücken. Und je einseitiger, engherziger ein Standpunkt ist, je fester läßt sich das Gedankengebäude fügen zu einem starken Hause, in welchem alle Winkel unter einem Dache sind. Allein, die Welt ist kein Haus, die Welt ist die Welt. Sogar im Reiche Gottes sind viele Wohnungen, um wie mehr erst ist eine Mannigfaltigkeit auf dieser Erde begründet, bei den verschiedensten Völkerschaften, Charakteren, Bedürfnissen, Neigungen usw.

In unserem Falle ist die Engherzigkeit, die Einseitigkeit in der Bildung das trennende Element. Man befaßt sich immer nur mit Studien, Lektüre, Gesprächen, die dem eigenen Stand, der eigenen Partei oder Neigung huldigen; und wenn man schon gegnerische Meinungen hört, liest, so sind es zumeist solche polemischen Charakters, man tut es mit Vorurteil, Gereiztheit, in der Absicht, zu widersprechen, zu bekämpfen, und in der Natur des menschlichen Trotzes liegt es, daß solches Sichbefassen mit der gegnerischen Anschauung den Betreffenden in seiner vorgefaßten, in ihm fix und fertigen Meinung nur bestärkt, anstatt ihn etwa eines Besseren zu belehren.

Ist es so recht? Nein, so ist es nicht recht. Was soll geschehen?

Aufgabe der Erziehung, der Bildung ist es, den jungen Menschen vorurteilslos in alle Bereiche des menschlichen Wissens, Denkens und Strebens einzuführen, ihm nach allen Richtungen hin zu zeigen, wie es steht, wie es ward und wo hinaus es lenkt. Leidenschaftslos sollte der Mensch im Stande sein, alle, auch seiner Person widerstrebende Richtungen zu studieren und zu beurteilen, dann würde er hochgesinnt und gerecht sein können.

Ich höre den Einwand, eine solche Bildung würde die Leute indifferent machen; ein gewisses geistiges Gleichgewicht, das allenfalls entstünde, würde sie gleichgültig machen, eine Toleranz erzeugen, die an Trägheit grenzte und den heilsamen Wettstreit lahmlegen müßte. Das fürchte ich nicht. Es gibt in den Individuen so viele Verschiedenartigkeit an Neigung, Auffassung, Denken, Fähigkeit und einseitig Leidenschaftlichkeit, das eine allgemein gleichmäßige Ausbildung nicht ganz ausgleichen, die Unterschiede nicht aufheben, die verschiedenen Kräfte nicht lahmlegen könnte. Jeder würde wohl auch das System, die Anschauung in sich ausbilden, so sie mit seiner Natur, seinen Bestrebungen übereinstimmte; er würde freilich auch seinen Standpunkt vertreten, verteidigen, gegnerische Auffassungen bekämpfen. Er würde über die gegnerischen Standpunkte ruhiger, weitherziger urteilen, er würde nicht glauben, mit der Darlegung seiner Lehre so leicht Proselyten machen zu können, er würde einsehen, daß jeder in seiner Art ein bißchen recht hat und auch, daß er selbst manchmal ein bißchen im Unrecht sein kann.

Unsere heutigen Parteien, die mit rasender Leidenschaft sich gegenüberstehen, entbrannt fast bis aufs Messerzükken, sie haben alle Objektivität, alle Ruhe, folglich alle Vernunft verloren. Es ist erschreckend, wie viel Gewissenlosigkeit, wie viel Dummheit und Aufgeblasenheit und wie viel Lächerlichkeit im Streite der Parteien zum Vorschein kommt. Man glaubt's oft kaum, daß es sonst leidlich vernünftige Leute sind: sobald sie auf ihr Kampffeld kommen, sind sie blinde Zänker, Spitzbuben und Toren. Soll ich auf den oft so abscheulichen Kampf unserer Zeitungen hinweisen? Das Papier wird diese Schande den Nachkommen überliefern. Die Nachkommen werden es wahrscheinlich mit keiner der gegenwärtigen Parteien halten, über deren Gebaren entweder mitleidig lächeln oder mit Verachtung zur Tagesordnung schreiten.

Wäre es denkbar, daß man zur Besinnung käme und sagte: Nun will ich doch einmal ganz überlegsam und wohlwollend das System meiner Gegner studieren, will sehen, wieso es kommt, daß sie so einseitig denken, und handeln müssen, daß ihnen der Blick für unsere Vernunftsgründe so ganz und gar verschlossen ist! Und wunderbar wäre es, wie viel man durch ein solches überlegsames Studieren des Gegnertums lernen würde. Da müßte man sehen, daß an den Gegnern nicht alles schmutziger Eigennutz, berechnendeBöswilligkeit ist, was einem bisher so schien, sondern daß andere, achtunggebietende Gründe es sind, welche sie bestimmen. Durch dieses Eingehen in das Bereich der Gegnerschaft würde zwar selten einer seinen angestammten, anerzogenen, angebildeten Standpunkt verlassen, aber er würde lernen, auch andere Meinungen zu achten, und damit wäre eine Brücke geschaffen zu gegenseitigem Wohlwollen, zu einer gewissen Verständigung, die für alle Teile von Vorteil sein müßte. Denn was heute in den Gemütern der Parteien herrscht, es ist der Krieg! Und Kriege verzehren alle Kraft, die für anderes und besseres bestimmt ist, und richten allmählich alles zugrunde. So lang ihr eure Augen verschließt gegen etwaige Vorzüge, Tugenden und Rechte der Gegnerschaft, so lange seid ihr unter allen Umständen im Unrechte, und wenn man euch deswegen böswillig, borniert nennt, so müßt ihr's auf euch sitzen lassen.

Das Recht auf Einsamkeit

Das zwanzigste Jahrhundert wird nicht vergehen,
ohne der müden Menschheit ein großes Rasten,
einen heiligen Frieden gebracht zu haben.

Ein denkender Sozialist von heute, ins Mittelalter versetzt, würde geeifert haben gegen das Sichabschließen in den Klöstern, gegen die träumerische Himmelbeschaulichkeit, gegen die Abkehr, denen sich damals übermäßig viele Menschen, darunter oft gerade die bedeutendsten und hellsten Geister, hingegeben. Er würde gesagt haben, ein gesunder Mensch sei nicht auf die Erde und in ein leidendes, unfreies Geschlecht gesetzt worden, um zu träumen und seinen Körper zu kasteien, seine gottesdienstliche Aufgabe bestehe im gemeinnützigen Wirken. So wie der Humanist in der Gegenwart das Zusammenlaufen der Leute in die Städte, den zu großen Luxus und die mehr als tierische Genußsucht verurteilt, hätte er damals müssen gegen das überwiegende Klosterleben auftreten. Doch so wenig er heute die Städte und den Luxus ganz und gar würde aufgehoben wissen wollen, so wenig könnte er gegen die gänzliche Ausrottung der Klöster sein. Er müßte sich wohl sagen: eines schickt sich nicht für alle. So notwendig für die Kulturentwicklung und Lebensbereicherung die Städte und der Glanz des Lebens sind, so wichtig ist in ihrer Art für die Kulturarbeit im höchsten Sinne die Abgeschlossenheit einzelner, die geistige und geistliche Betrachtung — die Beschaulichkeit.

In unserer, nur dem sogenannten Praktischen dienenden Zeit ist es so geworden, daß durch ausschließlich materielle Interessen des Menschen sein inneres Leben erdrückt wird, daß fast niemand mehr in sich gekehrt ist, sein will, daß die Einsamkeit und Hingabe an den Gottesgedanken geradezu verachtet wird. Bei diesem Zustande ist es Zeit, den Wert der Einsamkeit und inneren Beschaulichkeit anzudeuten und das Recht des einzelnen auf diese seelische Lebensführung auszusprechen. Nach meiner Erfahrung liegt im geistigen Leben ein realeres Glück als im materiellen, sinnlichen. Realer deshalb, weil es persönlicher, verdichteter und unzerstörbarer ist, weil es den Zufälligkeiten der Welt weit weniger unterworfen, von Furcht und Angst vor dem Verlieren viel weniger belagert ist als die Freude an dem Stofflichen. Man betrachte sich einmal einen Geldjäger oder einen Erfolggierigen gegenüber einem beschaulichen Menschen, der ein Innenleben führt. Der eine unruhig, gehetzt, friedlos, ein Spiel äußerer Umstände und diesen häufig unterliegend; der andere ebenmäßig, zufrieden und heiter.

Die von der ersten Gattung, die Dutzendleute, mögen es auch nicht begreifen, wie ein Mensch so leichthin die Geselligkeit der Menge entbehren und mit sich selbst zufrieden sein könne. Sie ahnen es nicht, wie wertlos diese Geselligkeit für einen tieferen Menschen ist. Wertlos und gefährlich, weil sie jeden, der ihr nahet, so leicht ins Seichte und Gemeine zieht. Es kann einer nicht leicht unbedeutend genug sein, um in landläufiger Geselligkeit etwas zu gewinnen, eher verliert bei ihr noch der Unbedeutende sein bißchen Persönlichkeit.

Wir müssen lernen — und das ist das große Gebot der Zeit — lernen, wieder Persönlichkeit zu werden. Das lernt man in der Einsamkeit bei sich selbst. Wer in sich selber schaut, sich selber frägt und zu beantworten sucht in allem, was in ihm und außer ihm ist, wer Ewigkeitsgedanken hat und ihnen nachhängt — der macht seine Seele größer und stärker. Stärker nicht bloß für das innere Leben, vielmehr für die gemeinfrohe Werktätigkeit nach außen hin.

Das hat besonders Dr. Josef Prenner in seinem Büchlein „Das Recht der Zelle. Gedanken über das beschauliche Leben" (Graz, 1902) gut gesagt. Diese Schrift tritt geradezu für das Klosterleben ein, „für jene" — wie moderne Phrasenmacher sagen würden — „Parasiten, die es aus dem Volke herausschinden und in ihre geilen Bäuche stecken." Das ist nun freilich nicht so gemeint, als ob die Leute „Mönche werden sollten, um im Müßiggang zu schlemmen und allerlei Lüsten zu fröhnen", sondern vielmehr so, daß jeder, der die Meinung in sich fühlt, auch heute noch das Recht habe, sich in die Klosterzelle zu flüchten, um dort in Entbehrung weltlicher Freuden ganz dem Geistigen und Ewigen zu leben und mit den aus solcher Beschaulichkeit entspringenden sittlichen Kräften sich und die Mitmenschen zu stärken. Der Verfasser des genannten Büchleins behandelt die Idee des beschaulichen Lebens, welche die Idee der geistigen Sammlung und Vertiefung ist, ohne die eine geistige Tat überhaupt nicht möglich sein kann. Alle Forscher,

Erfinder, Künstler und Dichter führen in diesem Sinne ein Einsiedlerleben; alles Große, das Menschen je geleistet, geht aus der Einsamkeit, aus der Vertiefung geistigen Schauens hervor. Und so wie der Gelehrte, der Erfinder und Künstler das Recht auf die Zelle hat, um in der Einsamkeit sein Werk ausreifen zu lassen, so hat es auch der Gottsucher, der mit Freuden die weltlichen Kreise hingibt, um die göttlichen zu finden. – Soll man's denn immer wieder sagen, daß der Mensch nicht allein da ist, um weltliche Werte zu schaffen, die ihn doch nie und niemals befriedigen können, daß er vielmehr ein Entfalten und Ausleben seiner geistigen Persönlichkeit beanspruchen darf und soll, nicht bloß in Wissenschaft und Kunst, wohl auch in Religion, die doch unter allen Umständen ein wichtiger Wert unseres Lebens ist!

Unser gesellschaftliches Leben ist so über alle Maßen unbehaglich, ja unheimlich geworden, daß mir die Zeit schon recht nahe scheint, in der sich eine Flucht in die Einsamkeit vollziehen wird. Viele werden hingehen, nicht etwa, um dort ein egoistisches Leben zu führen, sondern um sich eine Zeitlang zu sammeln für ein ernstes, treues Arbeiten zum Wohle der Menschen. Bei geistiger Arbeit ist eine solche Sammlung selbstverständlich, die ist ohne Einsamkeit nicht denkbar; doch selbst der Gewerbsmann sendet aus der kleinen Werkstätte bessere Produkte an die Welt als aus der Fabrik. Wenn nun mancher Weltflüchtling sich in die Klosterzelle verschließt, um dort im heiligen Nachsinnen über das Unendliche, in Anbetung Gottes sein

Leben oder einen Teil desselben zuzubringen, so ist das sein volles Recht, verbürgt gerade durch den modernen Zeitgeist, der dem Menschen die persönliche Freiheit, die Selbstbestimmung gegeben hat. Dieses Recht könnte man nicht einmal dann absprechen, wenn der Klösterling seine Tage tatlos verleben und verträumen wollte. Lebt doch auch der Rentner wo und wie er will. Freilich, gutheißen könnte man das nicht. In süßlich frommer Stimmung dahinträumen, das gibt keine Kraft und ist nicht Beschaulichkeit.

Diese ist das Beschauen einer bestimmten Wesenheit, ein angestrengtes Tieferblicken in Geheimnisse, ein Forschen. Es muß nicht ein wissenschaftliches oder theologisierendes Forschen sein, das da in der Klosterzelle vor sich geht, es kann ein inniges Gefühl der Anbetung und Liebe sein – mehr Gefühl als Gedanke, im Herzen eine Wärme und Kraft sammelnd, die in sich selig macht und geeignet ist, auch andere sittlich zu erheben und das Wünschen mit dem Muß des Geschickes in Einklang zu bringen. Sittliche Erhebung und innere Harmonie, sind das denn keine Lebensgüter? Sind sie etwa für unser Dasein weniger wichtig als eine elektrische Verkehrsanlage oder eine städtische Wasserleitung?

Wenn man unsere Kultur betrachtet, diese äußerlich so sieghafte, innerlich so trostlose Kultur, die aus den Menschen etwas wie Homunkeln macht, dann kann es nicht wundernehmen, wenn ernstere, seelisch anspruchsvollere Leute am Ende ihr Heil in der Klosterzelle suchen. Ich weiß mir allerdings andere Einsamkeiten, wenn ich geistig frei werden und Ewigkeitsdinge beschauen will.

Auf glatt gemähten Rasen und Silberweiden, am vorüberwogenden Alpenfluß, der zwischen steilen dunklen Waldbergen hervorkommt, in der Ferne sehend die schimmernden Gletscher, am Himmel gestaltenreiche glänzende Wolken – da ruhe ich, blicke hin und bin selig. Es ist anfangs kein Schauen, es ist kein Denken, es ist nur ein weiches, süßes, ein unbeschreibliches Seelenbehagen – die Wirkung der Schönheit. Allmählich wird das Empfinden zum Denken, das Sehen zum Schauen. Die heilige Majestät der Natur erinnert mich an die Allmacht Gottes. Das, was mich umgibt und trägt, ist das sichtbare Sinnbild des Reiches Gottes, ich stehe mitten darin und gehöre dazu. Ich denke, wie diese Berge entstanden sein mochten, nach welchen ewigen Gesetzen diese Wasser steigen und fallen, diese Lichter leuchten. Ich denke an die Gewalten, die langsam diese Steine meißelten oder plötzlich diese Felsen spalteten; die Gewalten, so furchtbar sie sein mögen, sie ängstigen mich nicht, je größer sie sind, je sicherer fühle ich mich geborgen in ihnen, denn es ist dieselbe Kraft, die auch mich trägt, erhält und verwandelt, die meinen Geist in Gestalten bringt, in denen er an der Brust Gottes ewig lebt und schafft zu immer reinerem Bewußtsein der Seligkeit. Ich betrachte das Geschick der Menschlichkeit, wie sie rang, wie sie irrte, wie sie litt; wie sie sich immer wieder aufbäumt gegen das Elend, gegen das Gemeine und immer wieder zurückgeschleudert wird und doch den Glauben an den

Sieg nicht fahren läßt. Dann kommen mir am Ufer des rauschenden Alpenflusses in den Sinn die lieben Seelen, die schon verwandelt sind, meine Verstorbenen, die mit mir einst in irdischer Gemeinschaft waren, wie sie jetzt in geistiger Gemeinschaft mit mir sind. Ich sehe und fühle, wie sie einst gejubelt und geweint haben, Freuden und Leiden, die ihnen von mir kamen, sind jetzt meine Freuden und meine Leiden. Und in Mitleid mit ihrem einstigen Weh, erinnere ich mich der Menschen, die noch leben. Mißmutig vielleicht bin ich heute morgen von ihnen geflohen, da sie in ihren Gebrechen und Fehlern doch meines Beistandes bedürftig sind! Da sage ich mir: du weinst, mein Herz, weil du Vergangene versäumt hast, und versäumst nun auch die noch Lebenden? Gehe zu ihnen, wenn sie auch gemein und armselig sind, du bist es in einer anderen Weise auch, sei gut mit ihnen und hab' sie lieb. – In solchem Sinne ist mir das Herz warm geworden, und ich eile zu den Mitmenschen, um ihnen etwas sein zu können. Und meine Lust und Kraft dazu ist größer als vorher.

Das ist eine Art jener Beschaulichkeit, die wir meinen. Sage nun, weltgesinnter Leser, ob diese Beschaulichkeit ein Müßiggang ist, oder sage, ob die einsamen Spaziergänge des Poeten ein Müßiggang sind. An den emsig arbeitenden Steinschlägern, Schmieden und Schnittern schlendert er nachlässig vorüber, sie ärgern sich über den Nichtstuer, aber nach Jahrzehnten, da das Erzeugnis ihrer Arbeit längst spurlos verschwunden ist, wirkt die Dichtung, die auf jenem Spaziergang entstanden, begeisternd und beglückend fort in der Menschheit. Un die großen Gelehrten und Erfinder, ich sage es noch einmal, nirgends anders sind ihre Werke aufgekeimt als in der Einsamkeit, in der Zelle, die der Menge oft nur als Ort der Faulheit erscheint.

Wie die Welt heute geworden, ist also die wiedererwachende Neigung nach Einsamkeit und Beschaulichkeit ein gar erfreuliches Ding. Wir alle sind nach Äußerlichem strebende und an Äußerlichem hangende Leute geworden; wir haben an uns wieder eine Menschwerdung zu erfüllen, eine Wiedergeburt jenes Teiles unseres Wesens, den wir Seele nennen.

Wer sich nur in der Menge glücklich fühlt, der weiß nicht, was das heißt, ein Mensch sein. Zu diesem Wissen kommt man erst in der Einsamkeit. Leute, die in der Menge sich selbst verloren, suchen die Einsamkeit und finden sich dort wieder; Geisteskranke werden in der Einsamkeit oft gesund, Unglückliche in der Einsamkeit glücklich. Denn es ist ein unendlich großes Glück, sich selber wiederfinden! Freilich gibt es sehr viele Leute, die trotz ihrer egoistischen Schlauheiten, trotz ihrer flunkernden Geistreichigkeiten kein geistiges Ich haben. Solche können sich natürlich auch in der Einsamkeit nicht finden, solchen ist das innere Leben tiefgründender Beschaulichkeit verschlossen. Sie können sich selbst bespiegeln, aber sie können sich nicht beschauen, sie können nie zu sich kommen, sich nie selbsteigen über die Welt erheben, sie zersplittern ihren Willen für alltägliche Angelegenheiten und sind die Sklaven des kleinlichen Zufallgetriebes in der Masse. Die Einkehr bei sich aber ist etwas, das unser heutiges Geschlecht ganz verlernt hat und die ihm so not täte wie tägliches Brot. Das Asyl bei sich selber ist der beste Gottesfriedenkreis über der Unruhe und den Widerwärtigkeiten des Erdenlebens.

Gibt es nicht viele solcher, wie jener Mann war in den Wäldern des Teufelsteingebirges? Der war auf der Bergtour zufällig von seiner lustigen Gesellschaft abgekommen, hatte sich verirrt und war stundenlang wie gehetzt im Walde umhergelaufen. Einem ziegenhütenden, blöde glotzenden Halbkretin hatte er sich angeschlossen, dem ging er nicht von der Stelle. Der Mann suchte sich mit ihm vergeblich zu unterhalten, verkam aus Langeweile und konnte sich doch nicht entschließen, allein weiterzugehen. Denn die Gesellschaft des Trottels war ihm immer noch lieber als seine eigene. Der mußte sich nicht schlecht langweilig vorkommen! Andere wieder scheinen sich vor sich selber zu fürchten, sie werden in der Einsamkeit unruhig, geängstigt, es fallen ihnen, wenn sie nicht immer in zerstreuender Gesellschaft sind, allerhand unangenehme Sachen ein, vielleicht auch hebt böses Gewissen sein häßliches Haupt empor – sie fliehen vor sich selbst, wie vor einem bösen Feinde. Für jeden ist die Einsamkeit nicht, mancher – man sieht es ja wohl oft – wird in ihr ein Narr, ein Wahnsinniger.

Solchen Armen Beschaulichkeit zu predigen, wäre Torheit, sie gehören in die Herde. Jene jedoch, die einige Anlage dazu haben, sollen sie üben, sollen zeitweise den Markt des Tages verlassen, sich zurückziehen. Ich sehe es kommen, daß Tiere wieder zu Menschen werden. Ich sehe die Zeit kommen, da die Menschen wieder große Weihestätten gründen werden, wo viele nebeneinander, doch jeder für sich lebt der befruchtenden Einsamkeit.

Das Hasten und Jagen der letzten Zeit war zu groß. Das zwanzigste Jahrhundert wird nicht vergehen, ohne der müden Menschheit ein großes Rasten und einen heiligen Frieden gebracht zu haben. – Aber wie der Unfriede bis aufs äußerste ging, so wird auch das Ruhen bis aufs äußerste gehen, so daß einst wieder Wecker entstehen werden mit dem Rufe zur Arbeit. Denn auf segensvollem Mittelwege vermag die taumelnde Menschheit nicht lange zu verharren.

Unsere sieben Sachen

Was wollen wir erstreben und was wollen wir haben? Es geht der Spruch von den „sieben Sachen". „Hast du deine sieben Sachen?" fragte mich meine Mutter, wenn ich gerüstet für den Schulweg war. „Die haben ihre sieben Sachen beisammen!" heißt es von den Leuten, die sich ein Vermögen erworben. Man soll also sieben Sachen besitzen. Aber welche sieben Sachen! Wenn der Schulbub sein Buch mit hat und sein Sacktuch und seinen Taschenfeitel und sein Stück Brot, so ist er zur Not ausgerüstet, er braucht nicht einmal sieben. Ja es gab Zeiten, wo selbst von den vieren mir eins oder das andere abging. Der Wohlhabende, der Reiche braucht allerdings sieben, aber auch nicht mehr. Das Kleid, das Dach, den Tisch, das Bett, die Seife, das Werkzeug, das Spielzeug. Das ist alles, was ein Mensch braucht; nicht bloß der Wilde, auch der Kulturmensch kommt damit aus. Er kommt nicht bloß damit aus, er hat einen Überschuß. Mit den genannten sieben Sachen, was eben dazu gehört, deckt er seine Bedürfnisse, seinen Erwerb, seine geistigen und künstlerischen Forderungen, denn zum Werkzeug gehört für den geistig Arbeitenden das Buch; zum Spielzeug Theater, Musik, gehören alle Künste und Vergnügungsarten. Mit dem Spielzeug wird ihm so vieler Luxus zugestanden, daß es schon bedenklich ist.

Die meisten Leute klagen, daß sie zu wenig Sachen hätten, weil sie deren wirklich oft nicht sieben haben. Wenigstens nicht die sieben gewissen. Aber ich kenne auch reiche Leute, die klagen. Nicht über zu viele Sachen klagen sie, über diese Last hört man niemanden jammern, und doch läuft vieler Jammer darauf hinaus. Sie klagen über die Verwaltungs- und Erhaltungsmühen, über die Sorgen, klagen über die Unruhe ihres Lebens, über Mangel an Behaglichkeit, an Gemütlichkeit, an Zeit für ein ruhiges Zusichselbstkommen. Woher kommt dieses Ungemach? Sie haben zu viele Sachen.

Leser! Halte einmal Umschau über deinen Besitz. Vieles ist, das dir Freude macht. Aber ist nicht am Ende auch vieles vorhanden, das dir mehr Sorge macht als Freude, mehr Last als Lust? Du hast eine Wohnung mit vielen Zimmern, die angefüllt sind mit schönen Dingen. Wie oft ist es denn, daß du diese Dinge mit Freude betrachtest, daß du recht einfältig glücklich in ihrem Genusse schwelgen kannst? Zumeist begnügst du dich damit, daß fremde Leute ihren heimlichen Neid in laute Bewunderung umsetzen: „Ah, haben Sie aber schöne Sachen!“ Das ist oft so ziemlich die ganze Genugtuung für deine Sorge, daß die Dinge nicht verderben, für deinen Ärger mit den dienenden Geistern, derer du bedarfst, um sie täglich in Ordnung zu halten, für den Zorn, wenn etwas zerbrochen wird oder abhanden kommt, oder wenn ein Gewerbsmann oder Händler dich bei diesen Dingen übervorteilt. Besinne dich nur einmal, die vielen schönen Sachen belasten dich, verkümmern deine Freiheit, deinen Humor, deinen leichten Sinn. Und bedenke, wenn du erst gar Landhäuser und Schlösser hättest! Eins für das Frühjahr, eins für den Sommer, eins für den Herbst zum Aufenthalt, und Stadtwohnungen in Wien, Graz, München. Auch in Paris könntest du dir eine halten. Welche Unruhe das ganze Jahr, das Einpacken, Auspacken, die Reise hin, die Reise her. Eine Freizügigkeit, die näher besehen nichts ist als eine recht mißliche Gebundenheit an den Besitz, an Leute, die ihn dir herrichten und hüten sollen. Dein ganzes Denken und Machen geht auf deine Besitztümer, auf ihr Erhalten und ihr Vermehren, und jedes Mißgeschick damit macht dir Kummer und täglich zitterst du vor dem Verlieren von etwas, das du – nie besessen. Wem gehören denn die Dinge, dem, der sie hat, oder dem, der sie genießt? Frage dich, wieviel du von deiner Habe genießest, mit Behagen und Freude genießest? Vertun, verschlemmen, das meine ich nicht, das ist nicht genießen. Sich damit prahlen und prunken, das meine ich auch nicht; ich meine einen Genuß, der Freude, Gehalt und Wert in dein Leben bringt. Wie Weniges von unserem Besitz genießen wir in diesem Sinn. Das allermeiste liegt wie tot um uns herum und wartet, bis wir dahin sind, dann bekommt es Füße, flieht in alle Weiten und sucht wieder andere zu äffen. Die Dinge besitzen mehr uns, als wir sie besitzen, sie bestimmen unser Leben, beherrschen unser Gemüt, tyrannisieren unsere Neigungen. Nur das allein ist unser Eigentum, was sich uns anpaßt, unserem Charakter, unserem höheren Willen gehorcht, was mithilft, uns selbst zu finden aus uns heraus. Die Dinge, die wir besitzen, dürfen niemals Selbstzweck sein, sondern Mittel und Werkzeuge zur Erhöhung unseres persönlichen Wesens. Wenn ein Bild in meinem Zimmer, das zehntausend Gulden gekostet hat, mir nicht ein seelisches Wohlbehagen verursacht, so ist es des Abstaubens nicht wert. Wenn ein Seidenkleid, das alle Jahre einmal angezogen wird, Tag für Tag vor Staub und Motten zu schützen ist, wenn der persische Teppich nicht genug gepflegt werden kann, als daß ihn die Schaben fressen, wenn täglich der Zank mit Dienstboten ist, weil sie Porzellanvasen nicht fleißig genug reinigen oder gar durch Ungeschicklichkeit gefährden, dann sind diese Dinge kein Gut, sondern ein Übel. Anstatt daß wir sie aufbrauchen sollen, brauchen sie uns auf. Es gibt Leute, die wirklich nur ihrer Sachen wegen leben. Mir ist eine alte Frau bekannt, eine Witwe, die aus besseren Zeiten her nichts besitzt als eine Menge von alten Möbeln, Bildern, Spiegeln, Vasen, Krügen, Wäsche, Teppiche usw. Sie braucht dazu eine geräumige Wohnung, um alles unterzubringen. Sie selbst wohnt nicht in dieser Wohnung, sondern sucht sich in anderen Häusern herum als Bedienerin und Wäscherin das Geld mühsam zu verdienen, um die Wohnung bezahlen zu können. Die wenige freie Zeit, die ihr bleibt, benützt sie nicht, um sich auszuruhen, in die freie Luft zu gehen oder bei Bekannten sich zu zerstreuen, sondern vielmehr dazu, ihre Möbel abzustauben und die übrigen Dinge vor Motten zu schützen. Damit müht sie sich stets bis zur Erschöpfung, und ihre Befriedigung besteht schließlich nicht darin, soviel Sachen zu besitzen, sondern in der Tatsache, wieder eine lästige Arbeit hinter sich zu haben. Man kann nicht sagen, daß Pietät sie an diese wertlosen Sachen bindet, von den meisten weiß sie gar nicht mehr, woher sie stammen und wie sie dazu gekommen.

Ich habe erfahren, wie wertvoll Dinge sind, deren man bedarf, die einem täglich Vergnügen bereiten. Habe aber auch erfahren, wie lästig die Sachen werden können, wenn ihrer so viele werden, daß man nicht mehr Ordnung mit ihnen zu halten vermag, daß es Mühe kostet, sie unterzubringen und zu bewahren. Dann gebe man sie weg, wird geraten. Das ist leichter gesagt, als getan. So zuwider einem das Geraffel im ganzen ist, so schwer kann man sich von dem einzelnen trennen. Dein Schrank ist überfüllt, du willst Raum schaffen, sobald du aber irgendein Stück in die Hand nimmst, um es wegzugeben, wird es dir vorkommen: Nein, es sei doch schade darum, es wäre ja ganz hübsch und – es tut dir leid. Das kommt, weil es dir in diesem Augenblick allein gegenübersteht, weil du in diesem Augenblick, wo es sich um Trennung handelt, zu ihm eine persönliche Beziehung hast. Es ist auch mit Menschen so, jeder einzelne kann einem lieb und wert sein, aber die Menge ist uns zuwider, sie entwertet den einzelnen.

Am meisten empfinde ich es bei den Büchern. Zehn gute Bücher zu besitzen ist köstlich, tausend gute Bücher zu besitzen, eine Qual. Nicht bloß, weil im Kasten eins das andere in den Hintergrund drängt, auch in unserem Kopf geht dasselbe vor. Zehn Bücher, die dir entsprechen, machen dich als Persönlichkeit vollkommener als deren tausend, wenn du alle lesen willst; die tausend zerstreuen dich, anstatt dich zu sammeln, sie stumpfen dich ab, das Kostbare wird alltäglich und hat schließlich nicht mehr Wert für dich als das Gewöhnliche. Aber hast du erst einmal die tausend Bücher, so ist es schwer, vielleicht unmöglich, sie auf gute Art los zu werden. Fast jedes einzelne, wenn du es nimmst, um es hinzugeben, schreit dir ans Herz. Selbst das unbedeutende Buch, wenn es das einzige wäre, das du besitzest, wie unschätzbar! — Aber endlich, die Schränke bersten, du beginnst die Bände herauszunehmen, an denen dir am wenigsten liegt. Das ist schon nicht die richtige Methode. Hebe die heraus, an denen dir am meisten liegt, um sie zu behalten. Das übrige laß fahren. Du tust es nicht, denn du bist von Büchern bereits besessen.

Ähnlich geht es mit den anderen Sachen. Es gelingt wenigen, sich zu befreien. Denen es gelingt, die haben keine Reue. Wenn jemand z. B. durch ein Elementarunglück plötzlich um seine tausenderlei Sachen kommt, so erscheint es im Augenblick hart, ist aber schneller verwunden, als man glaubt. Das Notwendige, das man sich wieder anschafft, macht einem mehr Freude als früher der ganze Wust. Wust! Ja, das ist dafür das rechte Wort. Jeder, der einmal zu übersiedeln hat, wird beistimmen; man schenkt aber trotzdem nichts hin und ist trostlos, wenigstens ärgerlich, wenn etwas Schaden leidet. Der sogenannte Besitzer ist mit den Sachen verwachsen, statt persönlich zu bleiben, ist er — sachlich geworden.

Wer erinnert sich nicht daran, daß ihm Sachen die Weihnachtsstimmung oder das Osterfest oder sonst einen bedeutungsvollen Lebenstag verdorben haben! Das Abstauben und Scheuern und Aufputzen und Herrichten und Bergen, der Trubel im Hause. Die fremden Leute, das Gelaufe und Gegreine der Sachen wegen! Alles wird drunter und drüber geworfen, du mußt fliehen, willst du deine eigene Haut retten. Die Hausfrauen werden nervös, die Dienstboten unwillig, du wirst ärgerlich. Es gibt nichts mehr, keine Innerlichkeiten, keine Ideale — nur Sachen. Und zwar die allergewöhnlichsten Sachen, die oft gar keine andere Bedeutung haben, als die, daß sie da sind und einen Platz brauchen. Solcher Sachen wegen wird die ganze Familie aufgeboten zur Plage und Hast, wird jede Feststimmung, jedes seelische Behagen mit diabolischer Wut geopfert. Und wenn das nicht bloß alle heiligen Zeiten, sondern täglich vorkommt?! So lebt manche Familie nur für ihre Sachen, und ihre Sachen hat sie nur, um sie in Ordnung zu halten. Diese „Ordnung" aber ist jener fatale Stein, der jeden Tag niederrollt und jeden Tag hinaufgehoben werden muß, um wieder niederrollen zu können. Das beste, vornehmste und weitaus das bequemste wäre: Wenig, aber gediegen. Ein geräumiges Zimmer zum Wohnen müßte jedem genug sein. Darin findet alles Notwendige Platz, und wenn dieses Notwendige aus gutem Stoff ist und edle Form hat, dann ist nicht bloß für das Nützliche, sondern auch schon für die Schönheit gesorgt.

Jene Agenten, die heute nach allen Seiten hin das Land durchlaufen, um in jedes Haus — „Kultur" zu tragen oder vielmehr Gschnas, die hätten wir uns vom Leibe zu halten. Sie geben uns Dinge und nehmen uns Persönlichkeit. Sie überhäufen unser Leben mit Sachen, die es ersticken. Für den, der überhaupt kein tieferes Leben hat, mögen die Sachen ja taugen — als Kinderspielzeug. Er soll sich mit dem Trödel beschäftigen, um ihn sorgen, sich über ihn ärgern, wie er will — für den Staub seiner Seele sind das die richtigen Staubfänger. Mensch sein und wahrhaft glücklich sein aber kann man nie durch Sachen, immer nur im Geiste. Von diesem Standpunkte des Geistes aus rechtfertigen sich solche Dinge, an denen Geist ist. Das sind jene beseelten Sachen, in denen liebe Erinnerungen wohnen. Solche engen unsere Persönlichkeit nicht ein, sondern erweitern sie. Das Erinnerungszeichen ist in diesem Sinne auch keine Sache mehr, sondern ein Geist, deshalb ist es nicht aufgezählt unter den sieben Sachen, die wir nötig haben.

Wer also statt sieben Sachen deren siebenhundert hat, die er alle versorgen soll, der ist ob solcher Belastung zu bedauern, besonders wenn's noch eine erbliche Belastung ist, bei der er sogar die Freude des Erwerbens nie genossen. Er könnte sich aber — falls er noch nicht zu sehr sächlich geschwächt wäre — auf eine Weise helfen. Er suche hundert Personen auf, die nichts haben. Unter diese verteile er seine siebenhundert Sachen so, daß jeder beiläufig die bewußten sieben bekommt. Und sollte ihm bei solch klipper Teilung selbst nichts bleiben — um so besser. Dann steht ihm die Freude bevor, sich die sieben Sachen zu erwerben und dadurch erst wirklich zu besitzen.

Das Recht der Persönlichkeit

Seit ungefähr einem halben Jahrhundert sind wir nothalber im Besitze der langersehnten Freiheit. Diese Freiheit nützen wir wacker dahin aus, so recht nach Herzenslust – unfrei zu werden. Denn das allerneueste Ideal heißt nicht mehr Freiheit, sondern Gleichheit. Unsere Kultur ist ein großer Hobel, der über alles dahinfährt, alle Kanten und Ecken abstößt, um alles hübsch glatt und gleich zu machen. Die Sondercharaktere, die Persönlichkeiten, die merkwürdigerweise gerade in den Zeiten politischer Unfreiheit gedeihen, kann man nicht mehr brauchen, man will nur „Leute", gesellschaftliche Durchschnittsware; die Menschenseelen sind nicht mehr fleißige Handarbeit des Geschickes, vielmehr Fabrikarbeit der Schule, des Drills, der Konvenienz. In dem Augenblicke, als die errungene Freiheit den Menschen gestattete, so recht persönlich sein zu dürfen, wollten sie es nicht mehr sein, wollten sich dem Niveau der Gesellschaft anpassen. Das war schick und gab Vorteile. Nun wird der einzelne als Bruchstück betrachtet und soll in irgendein Ganzes aufgehen, in die Partei, in den Staat, in die Kirche, in die Nation. Es wäre ja schön, wenn der einzelne der Gattung lebte, aber das ist doch wieder nicht, er lebt bloß dem Prinzip, aber auch dem nur scheinbar; hinter dem Prinzip verbirgt er seine eigennützigen Bestrebungen. So daß zwar das Selbst zugrunde gegangen ist, nicht aber die Selbstsucht. So wird das Prinzip der

Gemeinsamkeit niemals zum Siege kommen; ja das kann's auch gar nicht, weil der Mensch als Person der Stärkere ist, der als Tiermensch dem Prinzip voraus das Recht der Erstgeburt hat. Er war Person, ehe es eine Gesellschaft gab, eine Wesenheit, ehe es ein Prinzip gab. Es kann in großen Gefahren geschehen, daß auf kurze Zeit das Prinzip des Zusammenhaltens herrscht, daß aus tausend Personen ein starker Körper wird, so bei Elementarereignissen, im Kriege, unter Tyrannendruck. Aber der einzelne gibt sich in solchen Zeitläuften dem Ganzen hin, weil es sich um den Bestand seiner selbst handelt. Ist die Gefahr vorüber, fällt die Einheit wieder auseinander. Also zeitweise das Sonderwesen opfern und die gesellschaftliche Einheit doch nicht erreichen, das ist ein schlechtes Geschäft.

Man hört lehren, das Menschentum liege in der Gesamtheit. Mich dünkt, es liegt in der Persönlichkeit. Die Nation hat als Nation gar keinen Wert, sie hat ihn nur, weil sie viele Persönlichkeiten umfaßt, die gleiche Anlagen und Bedürfnisse befriedigen wollen. Allerlei Gründe wegen tun Gleichartige sich zusammen, nicht aber des Grundes der Gemeinsamkeit willen. Das ist aber der natürliche Vorgang. In diesem Sinne – zum Wohle jedes einzelnen Menschen muß jeder dem Ganzen opfern, müssen unter Umständen einzelne sogar dem Ganzen geopfert werden dürfen. So zum Beispiel, wenn Verbrecher auszuscheiden sind. Im übrigen soll Gesellschaft und Gesetz nicht eingreifen in das Recht des einzelnen. Jeder soll, soweit es anderen nicht schadet, sich nach seiner Weise ausleben dürfen. Das ist natürliches Recht. Je kräftiger ein Mensch sich aus sich selbst entwickelt, je verschiedener wird er von anderen. Diese Mannigfaltigkeit hat dem deutschen Volke zwar zeitweise politisch schlecht bekommen, ist aber doch die Ursache seines unerschöpflichen Gehaltes.

Wie steht es mit der Persönlichkeit im geistigen Leben? Die liegt im argen. Die Gedankenfreiheit ist nicht genug, man sollte die Gedanken auch frei aussprechen dürfen. Man sollte seiner persönlichen Überzeugung und Artung, soweit sie nicht schadet, ungehindert nachleben dürfen, man sollte zur Zeit, wo alles auf den Kopf gestellt ist, auf den Füßen stehen bleiben dürfen. Nie ist die Belehrungsmeierei ärger getrieben worden als heute. Jeder wirbt Anhänger für seine Prinzipien, denen er selber nicht nachlebt. Rechthaberische Köpfe, aber kein Charakter. Man ist so frei, dem andern die Freiheit zu nehmen. In Kunst und Literatur will man immer Originale. Aber lebendige Menschenoriginale will man nicht. Da die Leute alle schablonenhaft sein sollen, so nimmt man sich nicht mehr die Mühe, die Sonderartung, wo sie noch vorkommt, zu studieren; wer nicht so denkt wie du, den bist du geneigt, für einen Dummkopf zu halten. Daß seinem Standpunkt etwa eine Naturnotwendigkeit zugrunde liegen könnte, fällt dir gar nicht ein. Wer nicht selbst ein Charakter ist, dem ist jeder Charakter zuwider; in Gesellschaft von Schablonenleuten ist die Persönlichkeit störend, ja selbst dem Staate ist die starke Persönlichkeit unbequem. Je mehr Persönlichkeit in einem Menschen ist, je verbotener wird er sein. In den unteren Volksklassen, die näher der Natur stehen, gibt es noch starke, eigenartige Menschen, dort gelten sie noch etwas, dort läßt man sie ruhig sein, wie sie sind. So vorurteilslos sind die höheren Klassen eben nicht. Auf dieser Wiese wird die Sonderblume wie die Stacheldistel hingemäht zu Heu für die Herde.

Es muß ein Prophet kommen, der das Recht der Persönlichkeit ausruft; der das Lied in Erinnerung bringt, das uns an der Wiege gesungen wurde: Sei wie du bist.

Bei diesen Gedanken über das Recht der Persönlichkeit fällt mir eine Geschichte ein, die sich vor einiger Zeit in unserem Lande zugetragen hat. Das war ein Kampf um die Persönlichkeit im engen Kreise des Hauses. Und da ist dieser Kampf am furchtbarsten, denn in einem Hause hat nur ein ganzer Mensch Raum.

Da war nun einmal ein Ehepaar. Wie das oft so geht, verlobt hatten sie sich als Mann und Weib, dann waren sie — Herr und Frau geworden. Er war ein forscher Norddeutscher, voll Lebenslust und Tatkraft und voll Rücksichtslosigkeit in Durchführung seiner Absichten und Erlangung seiner Genüsse. Von Berufs wegen war er Bauunternehmer; aus seinen Federstrichen entstanden Eisenbahnen, Paläste und Großwerkstätten; seine Energie riß auch andere zum zuversichtlichen Schaffen mit sich fort. Seine Genüsse teilte er froh mit anderen, am liebsten mit seiner Ehefrau Adele. Das war ein schönes Weib, er liebte es leidenschaftlich. Schaffen und sinnlich genießen, das war sein Leben, und dazu wollte er auch seine Frau erziehen.

Seine Frau Adele, eine Süddeutsche, war eine weichmütige, innige Natur, die beschauliche Heiterkeit liebend, häuslicher Zurückgezogenheit hold. Wie er seine äußere Welt lebte, so sie ihre innere.

Diese zwei Menschen, die sich anfangs so herrlich ersetzten zu einem Ganzen, hatten ein Kind. Es war ein Knabe, schön, gesund und mit reichen Anlagen. Sie liebten es unbändig, jedes in seiner Art. Die Mutter erzählte dem Kleinen Märchen von Feen und Engeln; der Vater bildete ihn mit körperlichen Übungen aus, erzog ihn früh zum Fechten, Reiten und anderen Sport. Er bildete den Körper, wie sie die Seele – konnte es eine glücklichere Vollendung geben? Für die Sommer- und Herbstmonate bewohnten sie ihr Landhaus in einem schönen, entlegenen Tale Tirols. Und dort war es, wo der Knabe in seinem elften Lebensjahre auf der Jagd verunglückte. Einem Wilde nachjagend, war er vom Pferde gestürzt; tot und entstellt brachten ihn Bauern ins Landhaus. Was da über die Eltern kam, das war nicht Trauer, das war Verzweiflung. Die wurde ins Dämonische gesteigert durch die Vorwürfe, die sie einander machten. Sie behauptete, daß ihres Mannes Aneiferung zum Jagdsport das Kind bis zum Tode verführt habe; er war davon überzeugt, daß einzig nur ihre Verweichlichung, Unselbständigkeit und Ungeschicklichkeit seines Wesens die Ursache an dem Sturze gewesen. So zeigt sich plötzlich die ungeheuere Kluft, die zwischen beiden schon lange bestanden haben mußte, weil zur offenen Entzweiung der Gatten so unhaltbare Anklagen genügten. Die

Frau wurde aber bald müde des Zankes, sie gab sich mit einer Art stiller Wollust der betäubenden Wucht des Schmerzes hin. Das brachte den Gatten neuerdings gegen sie auf. Kopfhängerei, Sentimentalität! War es nicht genug an dem Verluste des Knaben? Mußte auch anderes Lebensglück zerstört werden? Rostenow fand, der Raserei wäre genug getan und die Natur verlange Umkehr zum Leben. Der Knabe war auf dem lieblichsten Plätzchen des schön gelegenen Dorffriedhofes bestattet worden. Es sollte abgetan sein. Das Landhaus wurde gesperrt. Rostenow führte seine Frau aus der Gegend und in die große Welt. In Berlin wurde ein Haus fürstlich eingerichtet. Alles, was an Vergangenheit mahnen konnte, an das Kind, wurde fortgeschafft oder erstickt unter Prunk und Pracht. Frau Adele war ganz ruhig geworden. Das schwarze Kleid und das blasse Gesicht waren die einzigen Zeugen dessen, was in ihrem Mutterherzen noch lebte. Vom verlorenen Kinde durfte kein Wort gesprochen werden, er wollte kein Bild von ihm sehen, es sollte nicht einmal eine Grabschrift bekommen; das Landhaus sollte nicht mehr bezogen werden. Was tot ist, ist tot; es lebe das Leben!

Adele kannte den harten, weltdurstigen Willen ihres Mannes und fügte sich ihm schweigend. Sie hatte es geschehen lassen, als er die Geräte des Knaben, die Bücher, das Fahrrad, das Schießgewehr, an fremde Leute verschenkte. Als er aber die Hand ausstreckte nach dem Kästchen, worin das erste Spielzeug des Kindes aufbewahrt war, da warf sie sich ihm entgegen und rang mit ihm grimmig. Als ob er ihr den Knaben neuerdings entreißen wollte, so rang sie. Von seinen ehernen Armen wurde sie zu Boden gedrückt, in die Ecke, wo sie stöhnend liegen blieb.

Von diesem Tage an hat Frau Adele sich in nichts mehr gegen ihn aufgelehnt, nicht mit einer einzigen Gebärde. Mit keinem Worte wurde des Knaben mehr erwähnt, und Rostenow war nun völlig überzeugt, daß diese radikale Umkehr zum Leben die richtige gewesen, auch für sie. Er begann wieder zärtlich zu werden, er besuchte glänzende Gesellschaften, gab Feste und wendete sich mit großer Energie der Arbeit zu, die ihm Tag für Tag neue Erfolge und Ehren brachte. Er hatte die Einheit und Gewissensruhe eines durchaus vernünftigen Lebens. Mit großer Befriedigung sah er auch, wie seine liebe Frau sich allmählich den Verhältnissen fügte, den Verlust zu vergessen schien und im Glanze des Hauses ruhig dahinlebte. Sie war sanft und gütig gegen jedermann, doch blieb sie außer den mit ihrem Manne gemeinsamen Mahlzeiten zurückgezogen in ihren Gemächern. Wenn der Gemahl sie dort begrüßen wollte, fand er die Tür verschlossen. Er machte sich nicht viel daraus, sondern dachte: in der Geduld des Mannes ersticken die Mucken der Frau. Endlich muß die Frau dem Manne sich anbequemen in Leben, Denken und Empfinden. Sie muß, dafür ist die Frau biegsam und bildsam. Die Frau wird vom Manne geleitet, der Mann vom Prinzip. Vernünftig und stark, so baut der Mensch sich sein Werk. Das war seine Überzeugung. Sie schwieg, es war ihr alles recht.

Das hat längere Zeit so gedauert. Da begann es aufzufallen, wie blaß und schmächtig Frau Adele geworden war. In ihrem lichten Kleide, das sie auf des Eheherrn Wunsch mit dem schwarzen vertauscht hatte, erinnerte sie an die „weiße Frau“, so schattenhaft, fast gespenstisch war sie geworden. Nachdem die Hausärzte mancherlei Verordnungen getroffen hatten, die Frau Adele mit allem Gleichmut über sich ergehen ließ, ohne daß dem Verfalle der Kraft Einhalt getan werden konnte, wurde beschlossen, sie nach dem Süden zu schicken. Auch das war ihr recht. Zur Gesellschaft nahm sie eine Jugendfreundin mit, und ein Diener begleitete sie. Herr von Rostenow – der mittlerweile Ritter geworden war – nahm von seiner Frau zärtlichen Abschied. Sie hat ihm wie geistesabwesend ins Gesicht geblickt. Auf Lussin im Adriatischen Meere hatte er alles bereiten lassen, um ihren Aufenthalt dort denkbar behaglich und angenehm zu machen. Sie mußte ihm ja wieder gesund heimkommen, um eine lebenslustige Genossin zu sein.

Nach wenigen Tagen kam der Diener zurück; die Damen hätten ihn verabschiedet und wollten sich allein behelfen. Nun, das war wieder ein „Mucken“. Im welschen Lande, wo keine der Damen der Landessprache mächtig war, würde ihnen dies schon vergehen. Nur Konsequenz. Er schickte den alten Diener neuerdings nach mit einem Schreiben: Sie habe sich seinen Anordnungen auch in der Ferne zu fügen, sie möge ihn nicht zwingen, daß er sie in eine Heilanstalt für Unmündige geben müsse! – Nun kam vom Diener eine Depesche, die Damen wären nicht zu finden. In Lussin wären sie gar nicht angekommen, und die ihnen dort bereiteten Appartements stünden leer.

Da stutzte er ein wenig, der Herr von Rostenow. Tröstete sich aber damit, daß, da auch aus Tirol auf seine Anfrage kein Bescheid kam, sie wahrscheinlich in Abbazia weilen würden oder sich gar nach Korfu oder der Riviera begeben hätten. Dann begann ein großes Suchen nach der Frau. Als jedoch die Nachforschungen ergaben, daß sie an keinem dieser Orte eingetroffen wären – auch in Venedig, in Ragusa, gar in Kairo wurde gesucht –, da fing dem Herrn Gemahl zu Berlin an, unbehaglich zu werden. In einer dunklen und peinvollen Nacht ging ihm ein Licht auf, aber es erhellte nicht, es brannte nur. Hatte er sie nicht behandelt, als ob sie ein widerspenstiger Teil von ihm selbst wäre, und sonst nichts? War nicht auch sie möglicherweise eine Person für sich, die ihr eigenes Seelenleben führte? Die ihr persönliches Recht hatte, zu sein, wie sie war? Aber als um ihn das Tageslicht schien über die gewohnte Umgebung, da verengte sich sein Gesichtskreis sofort wieder, er sah und anerkannte nur sich selbst und seine Herkunft. „Das fehlte gerade noch, daß ein kluger Mann einem törichten Weibe folge!"

Er folgte ihm aber doch. Gegen seinen Willen, gewaltsam wurde er hingerissen, ließ alles im Stiche, ärgerte sich, daß er's tat, ging auf die Reise wie ein Abenteurer und suchte seine Frau. Er war in Angst um sie und wütete gegen sie und ahnte – sie wäre nun von beiden der Stärkere. Er durchforschte Istrien und Dalmatien, Italien und das südliche Frankreich. In allen Hafenstädten des Mittelländischen Meeres war die Polizei tätig, den Aufenthalt der beiden Frauen auszuforschen. Vergebens. Was ist da geschehen? Ach, diese Träume, die ihn in den Nächten verfolgten! Und plötzlich empfand er, daß er seine Adele liebe, aber mit einer ganz anderen Liebe, als er bisher gekannt. Nicht mit der Lustliebe, nein, mit einer Leidliebe, die so qualvoll war, daß er wahnsinnig werden wollte. Der nüchterne Mann begann Gesichte zu haben. Er sah sein Weib an der Bahre des Kindes, und wie sie dann verzweifelt mit ihm gerungen um das Spielzeug. – Hatte er ihr vielleicht doch unrecht getan?

Endlich war ihm so viel als sicher, sie hätte sich das Leben genommen. Also vorbei. – Was gab es da anderes als zurückzukehren nach Berlin und, so gut es ging, ein neues Leben zu beginnen. Auf der Rückreise erkrankte er an einer Lungenentzündung. In einem Bauerndorfe Savoyens mußte er wochenlang dahinliegen. Und da begann es in ihm heller zu werden. Was er bisher nur dumpf empfunden, es klärte sich zur Gewißheit – er hatte ihr riesengroß unrecht getan. Er hatte sie wie seine Sklavin gehalten. Schlimmer noch, er war in ihr innerstes Heiligtum gedrungen, um ihr das Gedenken ans Kind zu vernichten. Das einzige, was von ihrem Glück noch geblieben war. Und hatte gar geglaubt, das sei vernünftig von ihm gehandelt. Vergangenes vergessen, die Gegenwart genießen; sich nicht sentimentalen Träumen überlassen, sondern tüchtig schaffen und leben! War das nicht durchaus vernünftig? – Nein, was er ihr angetan, war klipp und klar das Allerunvernünftigste gewesen, was er hatte tun können. Er hatte sie nicht erkannt. Er hatte ihr unveräußerliches Recht, zu sein, wie sie war, mit Füßen getreten. – Jetzt will er heimkehren und weiterleben und weitergenießen, als ob nichts gewesen wäre! Wie kann er denn das? – Dann hieb er sich die Faust an den Kopf: Dieses Weib hat mich morsch gemacht! Was du von ihr verlangtest, tue es nun selbst: Vergiß! Vergiß deine Adele, wenn du kannst! Vergiß deine Schuld, wenn du kannst. Lebe!

Aus langen Fiebernächten war er anders aufgestanden, als er sich hingelegt hatte. Der antike Kraftmensch war zum modernen Nervenmenschen geworden. Anstatt handeln, hieß es nun leiden.

Als er nach der Krankheit das erstemal ins Freie trat und die weißen Berghäupter niederschauten ins Rosenparadies des Tales, überkam ihn ein krampfhaftes Weinen. Ach, wie das weh tat, wie das weh tat! Es war etwas ganz Neues, dieses rasende Weinen. Hatte nicht auch sie einmal so geweint?

Die Heimreise nach erfolgter Genesung war planlos. Wohin wollte er denn nur? Das erstemal stieß es ihn an: Daheim! Wo war denn sein Daheim! Er schauderte vor den Einöden des Palastes. Ein Haus ohne Weib und Kind ... Wo waren die Gräber? Seine Adele ruht vielleicht auf dem Meeresgrunde. Aber das Kind. War ihm nicht das Grab des Kindes noch geblieben? Plötzlich erinnerte er sich, und die

Erinnerung war süß. Merkwürdig, daß Erinnerungen an Tote so süß sein können. Sein Weg führte ihn durch Tirol. Der Eisenbahnzug hielt in jener Station, wo er so oft ausgestiegen war. Er stieg aus, um einen Blick in die Gegend zu werfen. In der nächsten Minute war der Zug abgedampft, und er stand da mitten in den stillen Bergen. Er wußte nicht genau, ob er das gewollt oder eigentlich nicht gewollt hatte. Er mußte noch krank sein. Nun, so war's auch gut, so konnte er einmal nach seinem Landhause sehen. Unterwegs dahin kam er am Friedhof vorüber, er hatte zufällig diesen Weg eingeschlagen. Da wollte er doch einmal hineingehen, vielleicht war das kleine Grab noch zu finden, trotzdem keine Inschrift an Verlorenes mahnen sollte. Er fand es leicht unter den zwei Weiden, es war mit frischen Rosen geschmückt, es war mit einem lebendigen Kranz von Vergißmeinnicht umgeben. Die guten Leute hier, sie hatten ihn lieb gehabt. Schlaf wohl, mein Junge, es ist alles vorüber. Dann ging er weiter, durch ein Wäldchen hinauf, über eine Heide, auf der zwischen Erikenkraut weiße Steine lagen. Ein hohes, rotangestrichenes Kreuz stand hier, das früher nicht gestanden war. Sollte es nicht hier gewesen sein, wo der Knabe, vom Pferde gestürzt, gefunden worden? ... Wer hat dieses Kreuz aufgestellt? Es graute ihm vor dem Kreuze, das so schweigend dastand in der Einsamkeit, und doch so laut und vorwurfsvoll seinen Namen rief ... Aus der Ewigkeit herüber. Verwirrt eilte er auf ungepflegtem Pfade den Hügel hinan, wo das Landhaus stand. Wohnt denn jemand drin, daß die Fenster offen sind? Er ging durch das Tor, er öffnete seitlings im Hofe die kleine Tür. Da stand er an der Schwelle eines dunklen Gemaches, in welchem eine rote Ampel brannte. Rasch wollte er sich wenden, da standen sie sich gegenüber ... Rostenow und sein Weib Adele. Sie war schwarz gekleidet, hatte frischrote Wangen und ein helles, frohes Auge.

„Mußt nicht", sagte sie, ihn leicht am Arme fassend, als wolle sie verhindern, daß er hier etwas zerstöre. „Mußt nicht, lieber Mann. Es ist mein Leben."

Das Gemach, in dem einst das Kind aufgebahrt gewesen, hatte sie zur Kapelle umgewandelt und darin alle Gegenstände zusammengetragen, die von dem Kinde erzählten. Das war ihr Heiligtum, das war ihr Leben ... Und so hatte Frau Adele, von ihrer Freundin gefolgt, sich geflüchtet in diese Berge, um hier, dem Grabe nahe, den Kultus des Schmerzes zu pflegen. Sie beschäftigte sich mit dem Kinde, als hätte sie es wieder. Und in der Ausübung dieses Erinnerungsdienstes war sie genesen.

So hatte es sich wieder gezeigt: Wenn Frauen der Natur folgen, sind sie gewöhnlich stärker als der Mann, der auf dem Prinzip reitet.

Er schämte sich zwar, vor ihr niederzuknien, aber zwei Tropfen rannen herab über seine rauhen Wangen und in den ungepflegten Bart hinein. Jetzt erst haben sie sich gefunden, als der harte Weltmensch einsah, „Vernunft" allein sei nicht genug dem Nächsten gegenüber, es gehöre auch Güte und Weisheit dazu, um einer Persönlichkeit gerecht zu werden.

Lachen und Weinen

„Da hinein!“ sprach er und stieß mich durchs Tor.

Ich taumelte eine Weile hin und her, lehnte mich dann an die Mauer und konnte mich nicht besinnen, was ich da sollte. Es waren Nebel um mich, und als sich mein Auge ein wenig an die Düsternis gewöhnt, sah ich unweit von mir eine hölzerne Bude stehen. Eine blasse Frau saß darinnen und um sie standen Krüge, Schalen und Urnen, deren Inhalt ich nicht kannte. Die Frau winkte schwermütig, ich solle nahe kommen und von ihrer Ware mir etwas auswählen. Da ich denn einmal in die Welt hineingestoßen worden sei, so solle ich mir eine Labnis mitnehmen auf den langen harten Weg. Sie habe in ihren Gefäßen das Weinen. Sie habe allerlei Weinen. Da habe sie das leicht aufquellende Weinen. Da habe sie das stille, weiche Vorsichhinweinen. Da habe sie das schreiende Weinen, das wilde, herzerschütternde Schluchzen; sie habe das lachende Weinen, besonnte Tränen mit Regenbogenfarbenspiel, und sie habe das rasende, wütende Weinen. Ich solle zugreifen und mir davon ein Labsal wählen.

Als die blasse Frau so gesprochen, hörte ich von der anderen Seite ein höhnisches Lachen. „Ein Labsal!“ rief es von dort, „ein schönes Labsal, Weinen und Schluchzen! Bei mir, Fremdling, findest du ein Labsal. Siehe!“ Und ein buntgekleideter munterer Bursche, der ein sehr breites Gesicht und ein noch breiteres Bäuchlein hatte, zeigte mir seine Bude, die ich bisher nicht gesehen hatte. Da standen Körbe, Töpfe darin, aufgebauchte Säcke hingen umher und zusammengereidelte Bündel lagen da. „Ich habe das Lachen feil!" rief er lustig, „fröhliches Lachen, klingendes Lachen wie Glockenstimmen, schallendes Lachen mit tiefem Brustton, neckisches Kichern, verhaltenes Lachen, wohlwollendes Lachen und reizendes Lächeln. Ich habe das wie Raketen emporsteigende Aufjubeln, das schalkhafte Schmunzeln und auch das grelle Lachen des Schrecks, das hohe Lachen der Verzweiflung." Bei diesem Aufzählen hatte der Knabe mit dem Finger an die Gefäße und Behälter gezeigt, in welchen die kostbaren Sorten abgesondert enthalten waren.

Ich war näher zu ihm getreten und fragte nun, was in dem großen Krug enthalten sei, dessen Deckel er nicht berührt hatte.

Auf solches schnitt er eine wichtige Miene und flüsterte: „Da habe ich etwas ganz Besonderes drinnen. Ich will dir nur ein ganz kleines Pröbchen davon geben." Ein wenig hob er den Deckel, da stieg ein schauerlich gellendes Lachen auf, vor dem mir alle Nerven bebten. Es war wie ein zerrissener vielfältiger Schrei, plötzlich, nicht zu beschreiben. – „Das", sagte der Knabe und klappte den Deckel wieder zu, „das ist das Lachen des Wahnsinnigen."

Ich wollte mich abwenden, als ein heiteres Gelächter an mein Ohr schlug, welches lustig und herzlich war, daß ich selber mitlachen mußte, ohne eigentlich zu wissen, warum.

Hierauf trat ich vollends zur Bude und kaufte allerlei

Lachen ein. Ich ließ es zusammenschütten in einen großen Sack, und als ich denselben unter dem Arme hatte, wie man einen Dudelsack trägt, machte ich mich schmunzelnd auf meinen Weg.

Ich habe viele vergnügte Stunden gehabt mein Lebtag. Was ist nicht oft gelacht worden, daß ich mir den Bauch halten mußte, daß mir das Weinen in den Augen stand vor lauter Lachen! – Aber wenn ich es ehrlich gestehen will, ewig tut es mir leid, daß ich an der anderen Bude damals so verächtlich vorübergegangen bin. Vieles – aber nicht alles – wollte ich geben, wenn ich weinen könnte. – Ich will euch ja die Qualen nicht nennen, die unser Herz foltern und vergiften können; ihr kennt sie selber – denkt an das Gräßlichste, was euch je widerfahren. Denkt an die peinvollen Stunden des Hangens und Bangens vor einem ungewissen Schicksal, denkt an die Gewalten des Schrecks, des ohnmächtigen Mitleids, der Verzweiflung, denkt an die schlaflosen Nächte, in denen ihr mit eurem Schmerze so urverlassen gewesen, als wäret ihr mutterseelenallein auf der Welt. Kennt ihr den Schmerz, wenn sie vor euren Augen den Sarg des geliebten Kindes in die Grube senken? Kennt ihr die Qual, wenn der einzige Mensch, auf den ihr alles Vertrauen und Glück gebaut habt, euch verrät und euer Herz mit Hohn zertritt? Kennt ihr die Pein, wenn euer guter Name, dessen Reinheit ihr mit Opfern aller Art bewacht habt zu aller Zeit, wenn dieser Name plötzlich von Buben und Schurken mit Kot beworfen und vor aller Welt geschändet wird? Kennt ihr das unermeßliche Elend einer selbstbegangenen Schuld, die euch nimmer Frieden finden läßt und euer lächelndes Gesicht zum Zerrbild macht? – Kennt ihr solche Qualen? Ihr mögt sie erfahren haben, aber wenn ihr weinen könnt, dann ist euch deren furchtbarste Wucht fremd geblieben.

Ich möchte – so ist es wohl manchem zumute, heute gern noch einmal umkehren und den langen harten Weg zurückmachen, als hätte ich meine Seele vergessen an jenem Eingange. Ich möchte dem pausbackigen Knaben gerne mein Lachen zurückgeben und dafür bei der blassen Frau ein Weinen kaufen. Nur ein einziges, stilles Weinen aus tiefstem Herzen. Damit wollte ich hinausgehen auf die öde steinerne Heide, wo kein Mensch ist und kein Vogel und keine Blume, wo nur der graue Sand ist und das heiße Gestein – dort wollte ich mir die Labnis vergönnen und weinen. – Und wäre es vorüber, dann wollte ich meinen einsamen Weg durchs Leben schreiten ohne Weinen und ohne Lachen.

Denn wenn dir das Weinen versagt ist, dem Lachen traue nicht! Im größten Schmerze lachest du auf – es ist das Lachen des Wahnsinns, es ist wohl auch ein Weinen in seiner Art, ein höllisches Weinen, das jedem das Herz versengt, der es hört.

Das wahre Lachen und das wahre Weinen – Gesandte Gottes sind beide; sie erlösen uns von der Spannung der Freude und des Schmerzes. Der ist kein ganzer Mensch, der nicht lachen und nicht weinen kann zu rechter Zeit. Aber das Weinen führt die Menschen näher zusammen als das Lachen. Es ist ja anmutend, wenn ein Kind mit roten Wänglein herzlich lacht; aber sein schweres Weinen geht uns tiefer. Und was eine Frauenträne kann, besonders im Antlitze, das wir schon geküßt haben – wir wissen es alle. Es gibt wenige Steinherzen, die in Frauentränen nicht löslich sind. Das wahrhaft Erschütternde jedoch ist das Schluchzen des Mannes. Ein Mann darf in seinem Leben dreimal weinen, und nicht öfter.

Mir war einer bekannt, der mußte weit öfter weinen. Bei jedem Begräbnis, dem er beiwohnte, bei jedem Elementarunglück, das vom Himmel fiel auf ihn oder seine Nachbarn, bei jeder eindringlichen Kanzelrede, und sooft er überhaupt andere weinen sah, mußte auch er weinen. Wenn er sich sehr glücklich fühlte, sei es nach überstandener Drangsal, sei es bei seinen braven Kindern, sei es draußen in dem beseligenden Frieden der Natur oder sei es nach einem guten Gläschen, er mußte weinen. Im lächelnden Angesichte standen ihm die Tränen, er war ein guter Mensch. Plötzlich starb nach mehr als zwanzigjähriger Ehe sein Weib, das er über alles geliebt hatte. Da ging er verloren herum, starrte vor sich hin – geweint hat er nicht. Gebrochen war er von der Zeit an, sein Haar ward fahl und flatterte wie gedörrt über der Stirne, seine Augen sanken tiefer und tiefer in ihre Höhlen zurück, es war in ihnen kein Glanz mehr und kein Tau – und so ist er gestorben. Er hat sich nach innen verblutet. Gilt das denn auch von Tränen? Oder hat der Mann jemals geweint, wenn nicht in diesem größten Schmerze? Waren seine Tränen vielmehr nicht bloß lyrische Äußerungen gewesen, und hätte der Mann in seinem tiefsten Weh anstatt Wasser nicht Blut weinen müssen?

Andererseits lebt unter meinen Bekannten eine Frau, die ist heute gegen sechzig Jahre alt. Sie hat wie wir alle ihre vielfältigen Freuden und Leiden gehabt, sie hat Kinder geboren und verloren – weinen hat sie niemand gesehen. Sie hat ein hartes Gesicht, sie hat so viele Glut in den Augen, daß es ist, als würden die Tränen von ihnen aufgetrocknet. Und doch hat man an ihr weder im Lieben noch im Hassen viel Leidenschaft bemerken wollen, und im Lachen brachte sie es nie über ein sittenmäßiges hinaus. Es wird immer ruhig und gefaßt und vernünftig und brav sein, aber ich, ich möchte es nicht haben, dieses Weib mit der steinernen Seele.

Das Lachen ist heilsam, das Weinen ist es noch mehr, das Lachen ist es für den Leib, das Weinen für die Seele. „Ein Stein liegt mir auf dem Herzen!" hört man manchmal sagen; dieser Stein löst sich im Weinen auf. Das Weinen ist stets ein Abladen und ein Ausgleichen. Der Halm richtet sich freier auf, wenn der Tautropfen von ihm gefallen ist.

Wer weiß, ob der Mensch nicht eben so viel und so oft weinen würde als lachen, aber „es schickt sich nicht". Wenn in Gesellschaft ein Spaß gemacht wird – je mehr Lachen, je besser, und wenn sich auch mancher dazu anstrengen muß. Wenn jedoch Ernstes, Betrübendes erzählt wird, da darf nicht geweint werden, und wer Anlage dazu hat, der muß sich beherrschen. Das kommt davon, weil das Weinen etwas Innigeres ist als das Lachen, weil es keuscher ist. Es gibt Liebeserklärungen und Liebesgeständnisse, die lachend gemacht werden; ich gebe nicht viel dafür; wer weinend an meine Brust sinkt, der sagt mehr, als Worte und Lieder sagen können.

Echte Tränen wirken auf echte Menschen wunderbar, und was überhaupt eine Träne zu rechter Zeit wert sein kann, das bewies jene Gerichtsverhandlung: Ein junger Mann hatte den Verführer seines Weibes erschlagen. Der Ankläger wollte nun seinen Tod; der Verteidiger führte in glänzender Rede alle Milderungsgründe auf und sprach mit glühender Innigkeit zu den Herzen der Geschworenen. Diese blieben ernst und ohne Regung. Da brach der Angeklagte in ein erschütterndes Schluchzen aus, er preßte seine Mütze an das Gesicht und weinte. Die Augen der Geschworenen wurden feucht, und er war gerettet. Als sich der Freigesprochene nachher bei seinem Verteidiger bedankte, klopfte ihm dieser auf die Achsel und sagte: „Es war klug von Ihnen, daß Sie geweint haben." – Ich glaube übrigens sehr gerne an die Echtheit des Weinens in solchen Umständen.

Wie es nichts Heiligeres gibt als die echte Träne, so gibt es nichts Widerlicheres als die falsche. Krokodilen hat man die Schlechtigkeit zugeschrieben, daß sie durch Heulen und falsche Tränen ihre Beute an sich lockten. Das ist eine Fabel. Wenn ein Wesen dieser Erde eines solchen Schelmenstückes fähig ist, so traue ich das dem Menschen noch am ehesten zu.

Das göttliche Spielzeug

Zur Zeit stieg der Poet wieder einmal hinan gegen das Elysium. Als er aber an die Pforte klopfen wollte, verging ihm der Mut. Schon mehrmals war er drinnen gewesen, allemal von dem alten Herrn aufs liebreichste aufgenommen, und allemal hatte ihn wieder der Vorwitz gepackt, zur Erde hinabzusteigen und das Spektakel der Leute mitzumachen. Des schämte er sich nun, darum stand er ganz zagend vor dem heiligen Tor. Denn es war kein Bleiben unten, und sein fast kindisches Bestreben, auf Erden ein Himmelreich zu bauen, war schmählich zuschanden geworden. Sprach er Verständiges, so wurde er mißverstanden und stiftete Mißverständnisse; gab er sein Gemüt aus, so wurden sie ungemütlich; pflanzte er ihnen grünende, blühende Bäume, so fällten sie dieselben und zimmerten daraus Kreuze, und der Himmel, den ihnen der unverbesserliche Idealist gründen wollte, fiel allemal ganz höllisch bodenwärts. – In seiner trostlosen Bitternis stieg er hinan zum alten Herrn. Aber anstatt jetzt einzutreten, kauerte er sich hinter eine Lorbeerhecke. Auf Erden die Heimat verloren, im Himmel sie noch nicht gewonnen, so saß er da, und halb träumend, wie ein spielendes Kind, schlang er einen Lorbeerzweig um sein wirres Haupt.

Der alte Herr hatte ihm vom Fenster herab eine Weile zugeschaut; endlich rief er: „Mein Sohn, was treibst du denn? Warte doch, bis es andere tun.“

Ich kann's nicht erwarten, wollte der Poet antworten, aber er schwieg und verdeckte sein Angesicht, als sei er bei einem Schelmenstück ertappt worden.

„Laß die Torheiten und komm herauf!" sprach der alte Herr; da ging der Poet hinein.

Aber selbst beim Becher konnte er seiner Befangenheit nicht Herr werden, endlich spielte er sich auf den Mißmutigen hinaus und sagte: „Ganz vergeblich zerbricht man sich darüber den Kopf, Ewige Gnaden, warum du, der Weise und der Gütige, eine solche Welt gemacht hast."

Der alte Herr zuckte die Achsel: „Es ist eben geschehen. Eine Jugendtorheit."

„Aber warum du das Ding, mit allem, was drum und dran ist, nicht schon längst in Trümmer geschlagen hast. Oh, verzeih das herbe Wort, ich kann mir nicht helfen, mir ist so weh."

Der alte Herr legte ihm liebreich die Hand auf die Achsel und sagte mit sanfter Stimme: „Dir ist weh! Ich glaube dir's. Mir geht's nicht anders."

„Du könntest dir helfen", entgegnete der Poet, „warum tust du es nicht? Warum nicht?"

Der alte Herr nahm den goldenen Becher und tat daraus einen langen Zug. Dann schob er ihn hin: „Trink auch du, mein Sohn. Mit diesem Maß will ich meine Schuld abwaschen, euch das Dasein leichter machen. Trink, mein Sohn!"

„Ich möchte lieber singen als trinken", antwortete der Poet.

„Ich wüßte ein Lied für dich“, sagte der alte Herr. Dann schwiegen sie. Der Alte strich seinen weißen Bart, endlich tat er einen Seufzer und sprach: „Ja, Kind, du weißt nicht, wie ich dran bin. Daß ich es dir nur gestehe, ich befinde mich in einer merkwürdigen Klemme.“

Das war nun dem Erdenpilger etwas Neues. Daß es auch im Elysium Klemmen geben soll, er wußte es nicht. Den alten Herrn mochte es in seiner ewigen Einsamkeit wohl einmal nach der Teilnahme eines fühlenden Herzens verlangen, er begann auszupacken, was seit ungezählten Jahrtausenden in ihm verschlossen gewesen und zu keines Menschen Ohr gekommen ist.

„Du hast es“, begann er zum Poeten gewendet, „vielleicht schon als Kind gehört, daß ich von Ewigkeit her bin.“

„Gehört, aber nicht begriffen“, antwortete jener.

„Darauf kommt es auch gar nicht an, mein Sohn. Es muß nicht alles begriffen sein. Suche in deinem Leben nach: Das Unbegreifliche ist stets das Angenehme und das Erhabene. – Ich hatte die Ewigkeit begriffen, da war sie mir langweilig geworden. Ewig jung, ewig stark zu sein und ewig unbeschäftigt bleiben zu müssen – kannst du dir das vorstellen? – Antworte mit keiner Theorie. Höre mir freundlich zu, und dann beklage den, der sonst von aller Welt beneidet wird. – Eines Tages – ich spreche nur nach deinen menschlichen Vorstellungen, denn eigentlich gab es keinen Tag – nur, in der Ödnis der Ewigkeit kam mir der Gedanke, ein Spielzeug zu machen, um mir damit die Zeit zu vertreiben. Lerne daraus, was selbst im Elysium den

Müßiggang anstiftet. – Ich erschuf Stoffe und gab ihnen Bewegung. Das rundete sich zu Ballen und drehte sich im Raum wie ein Uhrwerk. Ich trieb es und trieb es immer und unterhielt mich an dem Wechsel von Stoff und Kraft, von Licht und Dunkelheit, von Wärme und Kälte, und als es im Schwunge von selbst weiterging, da rieb ich mir vor Vergnügen die Hände. Es war auch zu nett, wahrhaftig. Viele Körper funkelten und erzeugten in anderen Wärme und Leben. Ein Gleichgewicht entstand in der Bewegung, eine Regelmäßigkeit war in allem, daß ich selbst darob erstaunte. Erst in diesem Werke ward ich inne, wie mächtig und weise ich bin. Mit besonderer Vorliebe wandte ich mich einem runden Körper zu, der auch seine Bahnen hatte und seine Kreise machte, wechselnd in Licht und Schatten, und auf welchem sich winzige Wesen bildeten, die gar zu possierlich waren. Ich hatte ihnen anfangs keine Bedeutung beigelegt, sondern mich mit ihnen nur ergötzt, sie über die Finger laufen lassen, sie hin und her geblasen wie lebendigen Kehricht, sie mit Wasser übergossen, sie mit Feuerspeien geneckt, sie mit dem Beben des Bodens erschreckt, und hatte meinen Spaß gehabt mit den geängstigten Kerlchen, die auf zwei Beinen überaus mühsam umherkrabbelten und sich allemals wieder herausarbeiteten aus der Bedrängnis. Es waren auf demselben Körper stärkere Wesen als diese Zweibeiner, aber anstatt daß diese von jenen stärkeren vertilgt wurden, merkte ich, wie sie allmählich emporkamen, die Feinde unterjochten, die hunderterlei Widerwärtigkeiten besiegten und aus jeder schweren

Not, von der ich dachte, daß sie die kleinen Wesen ganz und gar zugrunde richten müßte, immer kräftiger und klüger hervorgingen. – Ich faßte ein tieferes Interesse für diese kleinen Geschöpfe und begann ihnen hier und da zu helfen, wo es just unauffällig geschehen konnte, gab ihnen schon früh einen anmutigen Kranz von Jahreszeiten, in welchem Früchte gediehen, die sie genießen konnten, verlieh ihnen mancherlei Freude, die in anderen Wesen nicht war, und auch ein gewisses Erkenntnisvermögen, ohne sie in ihrem Willen weiter zu beeinflussen. Ich war gerade einmal begierig, wie weit sie es mit solchen Mitteln bringen würden. Da machte ich nun eine Wahrnehmung, die mich sehr freute. Sie huben an, mich zu ahnen, mich wahrzunehmen, obzwar ich durch ihre Sinne nicht erfaßt werden konnte, sie begannen Altäre zu bauen, um durch Opfer mir zu danken und mich um ferneren Segen anzuflehen. Ich fühlte mich ernstlich zu ihnen hingezogen und wollte ihnen wohl vom Grunde meines Herzens. Alle anderen Körper, die da kreisten, vernachlässigte ich, keiner war mir so lieb als dieser eine, wo die lieben Zweibeiner lebten. Tag und Nacht, Jahr und Jahrhunderte lehnte ich an meinem Fenster und schaute ihnen zu. Als ich die Wahrnehmung gemacht, daß ihr Gefühl und Gemüt, das sich entwickelt hatte, nicht bloß Lust und Freuden gebar, sondern auch Schmerz und Leiden, trachtete ich zu lindern, gab ihnen Teilnahme füreinander, Barmherzigkeit und Geduld. Aber es zeigte sich, daß ihr Gemüt ausartete, Leidenschaften aufwachten und daß sie manches Leiden sich selbst erzeugten. Und gerade die selbstverschuldeten Drangsale trugen sie mit größter Ungebärdigkeit, so daß sie zu verrohen und zu verwildern drohten. Ich hatte ihnen zur Labe den Schlaf gesandt, ich gab ihnen Tränke, welche ein rosigeres Licht senken sollten in ihr verbittertes Herz; allein da wurden viele noch wüster und ähnelten so sehr den unvernünftigen Tieren, daß sich die Meinung unter ihnen verbreitete, sie wären mit den Bestien blutsverwandt. Sie taten auch danach, begeisterten, zerfleischten einander, trieben es tierisch und hielten sich für entschuldigt. Also ward ich sehr bekümmert und sah, daß diese Wesen, welche die Anlagen zu größtem Wohlbehagen in sich trugen, eigentlich die unglücklichsten Geschöpfe der ganzen Welt waren. Um mein Weh voll zu machen, beobachtete ich aber auch, wie viele dieses unseligen Geschlechtes mit heißer Sehnsucht halb unbewußt der Richtung zustrebten, wo ich war, wie sie ihre Klugheit schärften, ihre Kenntnisse erweiterten, um mich, den sie fühlten, zu entdecken und ganz an mich zu kommen. Ich gab ihnen mancherlei Zeichen, viele verstanden sie, viele nicht. Andere zeigten Angst vor meiner Wesenheit und leugneten sie, und ihr lautes Leugnen war doch wieder ein Hilferuf, ausgestoßen in glühendem Drange nach Wahrheit. Je heftiger sie mich leugneten, je weniger also war ich ihnen gleichgültig. – Je weher sie mir taten, je mehr mußte ich sie lieben.

Was ihr tägliches Leben und Schaffen betrifft, so hatten sie ganz erstaunliche Dinge vollbracht, sie verstanden es, den rohen Stoff zu vergeistigen und in solcher Läuterung ihn auf die feinste Weise dienstbar zu machen. So zogen sie aus dem Gestein Eisen und Gold, um sich damit zu verteidigen und zu schmücken; so machten sie aus den Dämpfen, die aus Wasser und Feuer entstehen, Kraft, um große Lasten und Hindernisse zu bewältigen; so gebrauchten sie die Mächte des Blitzes als Verständigungsmittel auf größte Entfernungen. Fast jeden Tag etwas Neues sah ich, an dem sie mit unglaublichem Eifer arbeiteten. Sie waren auch stolz auf ihre Hervorbringungen und erhofften damit die höchsten Ziele zu erreichen. Ich konnte mich an solchen Bestrebungen darum nicht freuen, weil ich sehen mußte, wie sie ihre Errungenschaften am liebsten und eifrigsten dazu anwendeten, um einander zu schaden, ja sogar zu vertilgen. Nicht etwa, als ob bei ihrer Vermehrung der Raum zu enge geworden wäre – es gab noch immer die weitesten Flächen – sondern weil sie sich gewisse Vorstellungen gebildet hatten, die ihre Leidenschaft entfachten und denen zuliebe sie imstande waren, die unerhörtesten Greueltaten zu verüben. – Also hatten sich in meinem kleinen Geschlechte gute und böse Gewalten entwickelt, die – nach dem System der ganzen Welt – in einem gewissen Gleichgewichte zueinander standen, so daß jeder bösen Tat allemal auch eine böse Folge nachkam, daß die Leiden der bösen Folge aber stets auch eine reinigende und bessernde Wirkung übten, daß solche Wirkung Gedeihen, Glück und Wohlstand förderte, daß im Wohlstande allemal auch wieder die Keime neuen Lasters ruhten. – Ein solcher Kreislauf zwischen Wohlstand und Elend, zwischen Tugend und Laster, in welchem die Herzen heute verweichlicht, empfindsam wurden, um morgen die tiefsten Wunden zu empfangen, ein solcher Kreislauf war stets die Quelle unermeßlicher Leiden. – In größter Trübsal betrachtete ich das Geschlecht, das mir einst ein ergötzliches Spiel gewesen, dann ein Gegenstand des Vergnügens, der Freude geworden war, und welches nun, scheinbar auf der Höhe der Schöpfung, so sehr entartete, daß viele sich nur noch durch Selbstmord zu retten suchten."

So sprach der alte Herr in Elysium und sein Angesicht, auf dem sonst die friedsame Heiterkeit wohnte, war traurig geworden.

„Aber Herr", sagte nun der Poet, „warum machst du kein Ende? – Ein Tritt deines Fußes ist genug, und alles Leid ist aus."

Der alte Herr fuhr mit seinem weißen Ärmel über das Gesicht, als ob er sich den Schweiß von der Stirne wischen wollte. Dann sagte er mit völlig umflorter Stimme: „Ein Ende machen! Das hättest du mir vor vielen tausend Jahren raten können, da mir das Ding noch nichts war als ein Spielzeug der Laune. – Seither aber ist mir das Geschlecht ans Herz gewachsen. Es mag noch so tief entarten, die Sehnsucht nach mir ist doch in ihm. Ich habe es lieb. Und in der Liebe, mit welcher ich seine Schicksale geleitet, seine Entwicklung betrachtet, ist ein Teil meines eigenen Wesens auf ihn übergegangen, so daß ich in diesem Menschengeschlechte mir gleichsam selbst gegenständlich geworden bin. Darum kann ich es nicht vernichten, ohne mir selbst ein Ende zu machen. Ich liebe es, wie nur ein Vater sein süßes, inniges und doch mißratenes Kind lieben kann. Und also, mein Sohn, kam es. Wie der Mensch im Aufblick zu mir vergöttlichte und göttliches Glück fand, so sog mein Niederschauen auf ihn menschliches Leid in mein Herz."

„Nun", fragte der Poet, „und was soll werden?"

„Zerbrechen will ich dieses verhängnisvolle Spielzeug nicht", antwortete der alte Herr. „Ich will Geduld haben. In den Sternen will ich zu meinen Menschen sprechen, in Blitz und Donner will ich sie warnen, in feurigen Ruten aus Vulkanen will ich ihnen drohen, in der Kriegsfurie will ich sie strafen. Und in den Blumen, die aus Ruinen und Gräbern sprießen, will ich wieder zu ihnen lächeln. Vielleicht erkennen sie mich endlich doch."

„Alles das hast du ja auch bisher getan", bemerkte der Poet, „und sie sind dir trotzdem entfremdet."

„Nein, mein Kind", sprach der alte Herr, „sie sind mir nähergekommen, trotz allem. Haben sie mich auch manchmal in den Finger gebissen, wenn ich ihnen die rettende Hand hinabhielt, viele klammerten sich doch daran. Sie werden zwar noch tausend und tausend falsche Auswege suchen, auf denselben teilweise zugrunde gehen, teilweise wieder umkehren, bis sie aus ihrer eigenen Leidensgeschichte endlich gelernt haben werden, daß der einzige Weg zu mir steil bergan führt. Und streben sie zur Höhe, dann ziehe ich sie an mein Herz und zur Ruhe bringen will ich das kreisende Spielzeug."

„Herr", sagte nun der Poet, „ich hätte noch eine Frage.

Wenn wir alle beisammen sein werden um dich, wird's dann gut sein? Was werden wir treiben? Werden wir uns zum Zeitvertreib nicht wieder ein Spielzeug machen? Der Mensch, soweit ich ihn kenne, kann sich ein Glück nicht denken, bei dem nicht eine Torheit dabei ist. Wie also wird das sein?"

Die Antwort auf solche Frage hat der Poet nicht mehr gehört, er war nach kräftiger Nektarkneipe sanft eingeschlummert. — Als er wieder erwachte, saß er tief vorgebeugt in seiner frostigen Dachkammer. Er blickte um sich, daß er den Herrn sähe, sah aber nichts als auf dem Tisch ein Paket von Manuskripten, die ein Verleger ihm zurückgeschickt mit höflicher Ablehnung, und eine unbezahlte Rechnung für die Stiefel, die er an den Füßen trug, und aus deren offenen Mäulern schon die Zehen hervorguckten nach einem neuen Paar.

Er war wie aus allen Himmeln gefallen.

Wie man Urgroßvater wird

Vor einiger Zeit hat's wieder einmal einen besonderen Ehrentag gegeben. Ein Zimmermann hatte seit „undenklichen Zeiten her“ den Leuten emsig Häuser, Schränke, Betten, Wiegen und Särge gebaut, daß er darob sich selber fast übersehen hätte.

An einem Sonntagnachmittage, als sein Weib, die großen Glasaugen auf der Nase, in einem sehr deutlich gedruckten Erbauungsbuche stiller Andacht oblag und der Zimmermann auf der Bank lag und langweilshalber in alten Blättern umkraute, entdeckte er, daß schon vierundsechzig Jahre verflossen waren seit ihrem Hochzeitstage. Er wischte sich die Augen und schaute jetzt einmal auf seine Gesponsin hin. In der Tat, sie war nicht mehr ganz jung, er erinnerte sich jetzt, daß sie dazumal als achtzehnjähriges Mädel im Gesichte wesentlich glatter und farbenfrischer ausgesehen hatte. Das macht aber nichts, sie ist doch die nämliche, die er sich dazumal nach reichlicher Überlegung erkoren, die dazumal gar so holdselig und herzig gewesen war – sie mag sich jetzt zeitweilig verstellen wie sie will, sie ist doch die nämliche! – In diesem unerschütterlichen Glauben tat er sein Nachmittagsschläfchen.

Als das vorüber, war er so unvorsichtig, seine Entdekkung dem Weibel mitzuteilen.

„Was nicht noch!“ rief dieses. „Vierundsechzig Jahre! Tolpatsch, der nicht einmal raiten kann!“

Die Sache wurde aber ruchbar, war auch nicht zu leugnen, und die Insassen des Dorfes drangen auf den Zimmermann ein, daß er die goldene Hochzeit begehe. Die Gelegenheit dazu wäre eine so seltene, daß er sich der Ehre und das Dorf der Freude und Erbauung nicht berauben dürfe.

Da er mit irdischen Gütern nicht gesegnet war, so erboten sie sich, alle Unkosten der Feier tragen zu wollen. Nur das Weib sträubte sich noch dagegen, sie habe nicht das Gewand dazu, um ein Schaustück abzugeben für die ganze Pfarr'! Erst als die Hochzeitsmutter mit einem rotseidenen Tuche kam, das sie der alten Frau über Schultern und Busen legte, hielt diese einige kleine Schäden ihrer sonstigen Wesenheit für gedeckt und willigte ein.

Hernach kam das Fest, an welchem die ganze Gemeinde sich beteiligte und zu welchem auch ich beigezogen wurde. Mir ward die Ehre, das Brautpaar zur Kirche zu führen und dann ins Wirtshaus, wo wir unter Musik und Gesang neun Stunden lang bei der Tafel saßen. Das alte Pärchen war sehr munter und der Bräutigam stets emsig, aber sein Körper war nicht mehr groß und etwas schief nach der linken Seite gebogen. Er wurde in seiner Herzensfreude ganz jugendlich, wagte mit der schönsten Kranzeljungfrau, eine Urenkelin von ihm war's, ein Tänzchen, und dann vertraute er mir unter einigem Erröten, daß vor vierundsechzig Jahren seine Braut akkurat so ausgeschaut habe wie diese kleine Urenkelin.

Als wir uns dann wieder in unseren Ehrenwinkel gesetzt hatten, ich mit der Zigarre, er mit dem Pfeifchen, fragte ich ihn, ob er mir nicht erzählen wolle, wie er das angestellt habe, so alt zu werden? Wie er immer gelebt habe?

„Warum denn nicht?“ rief er kurz und scharf, wie er überhaupt jedes Wort lebhaft herausstieß und es stets mit einer nachdrücklichen Handbewegung begleitete.

Ich hatte früher schon bemerkt, wie er beim Hochzeitsmahl, obzwar noch im Besitze von vielen gesunden Zähnen, nur suppige und breiartige Sachen zu sich nahm, auch Gemüse, und Schwarzbrot dazu kaute; die Stücke von Braten, Kuchen, Krapfen legte er beiseite auf ein Papierblatt für die „Urenkelleut“. So fragte ich ihn, wie er es mit dem Essen stets gehalten habe?

„Oh, gegessen genug!“ rief er. „Suppen! In der Früh saure Milchsuppen mit Brotschnitten. Mittags auch vom Mehl was. Bohnen.“

„Und abends?“

„Suppen!“

„Und Fleisch?“

„Nicht viel. Tut mich im Magen drucken.“

„So hätten die Vegetarier recht?“ fragte ich.

„Was? Die Vegetarier? Was ist denn das?“

Auch gut, dachte ich, die nicht einmal den Namen kennen, das sind die allernatürlichsten.

„Und was habt Ihr immer getrunken?“

„Wasser!“ rief er und machte einen Deuter mit der Hand wie abweisend, als wäre eine solche Frage doch ganz müßig.

„Und nicht manchmal auch Wein?“

„Zur Jausen", antwortete er. „Werktags beim Arbeiten, wenn der Arbeitgeber einen hergegeben hat. Brot dazu. Ist ein feiner Schmaus."

„Und Bier?"

„Wenn er eins hergegeben hat."

„Schnaps?"

Er stieß einen kurzen bellenden Laut aus, würdigte aber weiter die Frage keiner Antwort.

„Wie habt Ihr Euch immer gekleidet?"

„Lodengewand", sagte er, „Winter und Sommer gleich. Diese schwarzen Herrenfetzen, die sie mir da angehängt haben, schmeiß' ich morgen weg."

„Seid Ihr ein Frühaufsteher?" fragte ich.

„Ist ein Unsinn!" antwortete er, „vor fünf Uhr soll der Mensch nicht aufstehen. Um neun Uhr ins Bett."

„Gearbeitet habt Ihr wohl immer sehr stark?"

„Nie länger als zwölf Stunden. Von sechs bis sechs. Eine Stunde Mittagessen und Rasten."

„Und wie habt Ihr die Feiertage verlebt?"

„Vormittag Kirchgang. Nachmittag auf der Bank oder ein bissel umgehen, kommt mir aber schon die Langweil und gefreu mich auf den Montag, auf meine Arbeit."

„Ihr seid wohl auch nur wenig krank gewesen?"

„Acht Wochen lang. Wie ich unters Mühlrad gekommen bin."

„Wieso?"

„Will eine lose Taufel festnageln, vergißt der Müllner, leitet Wasser drauf, das Rad geht über, druckt mich an die

Wand. Zwei Rippen ab, die linke Hand gebrochen, das Schienbein pfutsch."

„Sonst nichts?"

„Sonst nichts."

„Wie lange ist das her?"

„Seit mein zweiter Bub auf der Welt ist. – Kinder!" rief er über den Tisch hinüber einigen jungen Leuten zu. „Wie alt ist der Bub?"

„Was für ein Bub, Urähndl?"

„Na, euer Großvater."

„Einundsechzig, Urähndl."

„Na, seht ihr, so lang' trag' ich meinen Barometer am Leib."

„Zeigen Euch die Schäden wohl immer den Wetterwechsel an."

„Und wie!" rief der Alte.

„Geheiratet habt Ihr sehr früh!"

„Mit vierundzwanzig Jahren. Weil mir die Weibsbilder zuwider gewest sind."

„Und nachher mit der Liebe?"

„Nicht viel dran denken!" stieß er hervor. „Fleißig arbeiten, wie der Gottschöpfer, sechs Tage lang. Erst am sechsten schuf er den Menschen – steht's geschrieben."

„Ihr verzeiht schon, daß ich so viel frage", sprach ich jetzt, „man will ja ebenfalls lange leben, und auch diese Kunst lernt der Geselle vom Meister. Ich glaube, daß Ihr Euer hohes und rüstiges Alter wirklich größtenteils Euch selbst zu verdanken habt."

„Und dem da oben", sagte er gen Himmel weisend.

„Der Euch den guten Humor gegeben hat."

„Hab' ihn nicht immer gehabt. Kommt erst, wenn's schlecht geht."

„Man macht oft ein lustiges Gesicht, wenn's inwendig weh tut", war meine Bemerkung.

„Ist gefehlt!" sagte er. „Auswendig finster schauen, inwendig lachen. Zeigst den Leuten das Lachen, so verderben sie dir's."

„Aber der Zorn hat Euch nichts getan?"

„Weil ich ihn allemal losgescholten hab'. Und muß schon zugeschlagen sein — so auf Zimmerholz."

„Manchen bringt der Haß frühzeitig um", sagte ich.

„Hau, kindisch!" rief der Alte. „Die Freud' macht man seinem Feind nicht, daß man mit Haß sich Schaden tut."

„Also seid Ihr über die sieben Todsünden ja glücklich hinausgekommen. Dann ist's freilich keine Kunst, so alt zu werden und so jung zu bleiben. Aber jetzt laßt Ihr Euch doch gut geschehen und arbeitet nicht mehr?"

„Was soll ich denn sonst tun?" fragte er fast heftig zurück. „Wird viel nicht, so wird etwas. Faulenzen, da möcht's mich bald nicht gefreuen auf der Welt."

„Andere, die so fleißig waren, haben es zu Reichtum gebracht, um sich mit Reichtum zugrund zu richten, Ihr arbeitet bis zu diesem Ehrentag!"

„Gehört was dazu!" rief er und nickte das schneeweiße Haupt.

„Und noch weiter. Ich wünsche Euch hundert Jahre."

„Wie Gott will."

So redeten wir miteinander, als durch das Gedränge her sachte einer der Urenkel geschlichen kam, ein bildhübscher Bursche, und mit dem linken Arm ein frisches Dirndl neben sich herschob. Vor dem goldenen Bräutigam blieben sie stehen, und der Bursche sagte: „Urähndl! Da steht eine."

„Seh' sie", stieß er hervor.

„Urähndl", fuhr der Bursche ein wenig befangen fort, „fällt Euch nichts ein? Gern haben wir uns, die da und ich."

„Auweh!" rief der Alte.

„Brav ist sie wohl auch."

Der Greis wendete sich zu seinem Weibe und sagte: „Da haben wir's. Hast es gehört, Alte?"

Gehört hatte sie es zwar nicht; denn sie war schwerhörig, aber gesehen hatte sie es. Und nun streckte sie ihren alten Kopf lugend vor: „Ist das nicht die Klara?"

„Freilich ist sie's!" antwortete der Urenkel. Da nickte die Alte schmunzelnd.

„Bleibt brav. Meinen Segen habt ihr!" so der Alte und schlug die flache Hand in die Luft hinaus, als wollte er damit sagen: Gut ist's.

Jetzt hoben wir am Tische alle unsere Gläser gegen das junge Paar, und einer von uns sagte folgenden Trinkspruch: „Junger Bräutigam! Willst auch du Urgroßvater werden, so mache es deinem Urgroßvater nach!"

„Gern!" jauchzte der Bursche. „Und angefangen wird er so haben!" – Schmatz! hatte das Mädel eins auf die Lippen.

Im Frieden des Alters

Am Feldrain saß ein alter Mann und wartete auf das Essen. Er hatte an seinem gekrümmten und hageren Leibe einen langen grünen Rock, dessen verschossene Farbe stellenweise ins Gelbliche schlug. Die zwei Schößelknöpfe aus Messing hinten waren fast oben an den Schulterknochen, und vorne hatte er statt Knöpfe gelbe Drahthaken. Das kleine rote Gesicht unter der schwarzen Zipfelmütze war glatt rasiert; ei ja, Barternte hatte er alle Wochen einmal, der alte Fabian und Sebastian, wie sein Name lautet. Die Barternte gedeiht in schlechten wie in guten Jahren, im Winter wie im Sommer, und der Alte schneidet sich selbst den weißen Bart. – Schade nur, daß diese Fexung zu nichts zu brauchen ist als zum Beweise, daß wir ein alter Mann sind. Dieser Beweis liegt aber nicht allein in dem weißen Barte, sondern auch in den schlotternden Beinen, in der zitternden Hand, die kaum den Löffel Suppe zum Munde bringt, ohne daß die Hälfte davon unterwegs verschüttet wird, und der Beweis liegt auch in dem zahnlosen Munde, in dem halb erblindeten Auge und in der kindisch-heiteren Ergebenheit des Herzens.

Der Fabian und Sebastian war ein Kleinhäusler, der mit einem alten keifenden Weibe in trautsamer Unverträglichkeit lebte und die paar Ackerlein besorgte, die ihn ernähren sollten.

Jetzt saß er am Feldraine und wartete auf das Essen. Der

Mehlbrei war aber noch nicht fertig; denn der Müller hatte das Mehl noch nicht geschickt, weil das Korn, welches er mahlen sollte, erst in jungen Halmen sproßte hier auf dem Felde. Der Fabian und Sebastian schaute hin auf die grüne Saat, und weil die Maisonne gar so warm schien, so hoffte er noch an demselben Tag die ersten Ähren herauskriechen zu sehen aus den Halmhülsen. Des war er sehr zufrieden; denn das wird ein gutes Essen sein! Doch leuchtete es ihm wohl ein, daß sein Magen im Warten auf den Mehlbrei dieser Halme ungeduldig werden würde. Der Magen ist das einzige Stück an ihm, das zuzeiten noch etwas ungebärdig wird, weil dieser Magen sich im alten Körper auf den Hausvater hinausspielt, der alle anderen Glieder ernähren soll. Der Fabian tastete also nach seinem Stabe und holperte zu einem Nachbar, daß er um ein Stück Brot bitte.

Man reichte es ihm gern und auch noch Milch dazu, daß er das harte Brot darinnen aufweichen konnte; und bei solchem Essen wurde der Alte allemal ganz heiter und aufgeweckt; als ob ihn die Milch berausche. Nun freilich, wenn der Wein die Milch der Alten ist, so ist die Milch der Wein der Kinder, und daß der Fabian und Sebastian ein altes Kind ist, hat noch niemand geleugnet in der ganzen Gegend. Und wenn er gegessen und gedankt hatte, ging er wieder hinaus auf den Feldrain, um das Gedeihen seines Eigentums mit seinen gottvertrauenden Gebeten zu fördern. Im Frühjahr säen, im Sommer beten, im Herbst ernten und im Winter schwelgen an dem Mehlbrei, das war sein Leben und Wirken.

Wenn er an seinem Rain saß, da ward er manchmal fast eingeschneit von den Kirschbaum-, Apfelbaum- und Johannesbeerblüten und von den zarten Flocken des fliegenden Löwenzahnsamens; ringsum loderten die gelben, blauen und roten Flammen der Blümlein, emsige Käfer sprühten ihre Funken, frohe Falter gaukelten auf und nieder, und in allen Sträuchern und auf allen Blumen zirpte, gurgelte, pfiff, trällerte und schmetterte es, die Finken überschrien einander, die Lerche wirbelte selige Lieder in die blauen Lüfte, und der Kuckuck schrie unaufhörlich. Es war eine fast leidenschaftliche Maienpracht ringsum, allein der Fabian und Sebastian sah und hörte nicht viel davon, er dämmerte manchmal dahin und schaukelte sich zwischen Wachen und Schlafen.

Eines Tages, als der Fabian und Sebastian wieder so am Feldraine kauerte und dem lieben Herrgott bei seiner täglichen Weltschöpfung traumhaft zuschaute, war es, daß drüben der Nachbar Veitel auf seinem Acker Steine ausgrub und dabei mörderisch fluchte. Der Veitel war ein starker Mann, der hatte Kraft zum Fluchen, den richtigen Zorn und auch die frische Stimme dazu. Nicht über die Steine fluchte er, sondern über die Menschen, über sein Weib, das ihm immer noch das Mittagessen nicht schickte vom Hofe her, und es war schon halb zwölf. Er pflegte sonst um elf Uhr zu essen, und heute ... Diese höllverdammten Weibsbilder mit ihrer langweiligen Herumzudlerei! Damit er einstweilen den Mund beschäftigte, so schalt und fluchte er derart, daß die ganze Luft von Schwefel und Pech roch und dem alten Fabian und Sebastian angst und bange wurde. Daher stand der kümmerlich auf und torkelte zum Nachbar, daß er erfahre, welch ein Vorfall in ihm die Wut erweckt haben mochte. Als er erfuhr, des Essens wegen, hub der Alte mit wackelndem Köpflein an zu kichern.

„Schilt nur recht, Veitel!“ sagte er, „ist ein Zeichen, daß du jung und gesund bist. Wie ich noch in der glücklichen Zeit gewesen bin, hab' ich auch so ungeduldig herumgescholten auf der Welt. Ja, ja! Wenn mein Weib – damals hat sie halt noch gelebt – nicht auf die Minute fertig gewesen ist mit dem Mittagsmahl, so hab ich ihr ein Donnerwetter losgeschlagen, daß nur alles so gebebet hat. Das ist besser geworden. Jetzt sitze ich auf dem Rain und schau' ganz geduldig der lieben Sonne zu, wie sie kocht, das Kochen dauert schier den ganzen Sommer lang, und ich warte.“

„Du hast leicht warten, alter Schragen, du hast nichts zu tun“, gab der Veitel zurück.

„Wie sagst?“ fragte der Alte. „Warten? Wenn man was zu tun hat, vertreibt man sich ja die Zeit um so leichter.“

„Das ist wieder wahr“, meinte der Nachbar Veitel besänftigt und setzte sich neben den Fabian und Sebastian aufs Gras. „Also du bist auch einmal ungeduldig gewesen?“

„O Jeßtl und Josef!“ rief der Alte aus. „Weil ich das Schleifsteinrad in einer Minute über hundertmal umgedreht hab', so ist mir ganz unbegreiflich gewesen, wie der Herrgott zum Weltkugelschieben vierundzwanzig Stunden Zeit braucht. Jetzt ist's anders, jetzt geht mir's zu schnell mit der Weltkugel. Die Zeit wird allzu kurz. Ein bissel Geduld ist da, erwarten will ich alles, wenn ich's nur auch erleb. Das ist gewiß, und so geht's dem Menschen, wenn er recht glücklich wird."

Der Veitel schaute den alten Bettelmann verwundert an, endlich fragte er laut: „Bist denn du gar so glücklich, weil du so redest?"

Der Fabian und Sebastian antwortete: „Bist denn du gar so unglücklich, weil du so schiltst? – O mein herzlieber Nachbar, es braucht was, bis der Herrgott den Menschen so weit niederbringt, daß er zufrieden wird! In der Jugend, in der Gesundheit, im Überfluß ist kein Mensch zufrieden, kein Mensch, sag' ich dir! Viele werden es in ihrem Leben nicht, unter keinen Umständen nicht. Manchen hebt's erst an gut zu sein, wenn sie alt und krank und arm werden. Ist gewiß wahr, Nachbar!"

Der Nachbar stopfte sich eine Pfeife an, und während er die Beinspitze zwischen den Zähnen hielt und mit Stein und Stahl Feuer schlug, murmelte er: „Bist aber nicht gescheit."

„Was sagst? Nicht gescheit, sagst? Mag eh sein!" entgegnete der gesprächige Alte. „Aber gehen tut's mir gut, und das ist mir lieber, wie gescheit sein. – Du, Veitel, ich sag' dir: ich bin dir ein Höllenlaster gewesen in früherer Zeit. Du weißt ja, daß ich den Bruckmeierhof gehabt hab' und daß ich ihn verprozessiert hab'."

„Das war eine Dummheit, mein Fabian und Sebastian!"

„Weil mir das Gut zu klein gewesen ist, so hab' ich mit dem Höflernachbar um die Wiese so lang' prozessiert, bis der ganze Bruckmeierhof verspielt gewesen ist. Nachher hab' ich Ruh' gehabt. Heut' ist mir mein Rainhäusl und Kornackerl schier zu groß."

„Bist aber nicht gescheit!" sagte der Veitel.

„Oh, wenn ich zurückdenk!" rief der Alte in heftiger Rede und nickte beständig mit dem kleinen, zipfelbemützten Kopf. „Schau dir einmal da meine neue Joppe an, Nachbar!" Er zupfte mit den zwei Fingern der rechten Hand am linken Arm eine Falte auf.

„Die da? Diese Joppe soll neu sein?" fragte der Veitel.

„Aber sie ist noch ganz gut. Jetzt stell' dir's vor, Bruderherz, dieser Joppe wegen bin ich einmal zwei Tag' und Nächt lang eingesperrt gewesen."

„Du bist einmal eingesperrt gewesen? Davon hab' ich aber nie was gehört."

„Du bist dazumal ja selber noch eingesperrt gewesen!" sagte der Fabian und lachte langwierig über seinen Witz. „Wohl, wohl. Laß dir's sagen. Du bist noch in Vater und Mutter gewesen und ich im Kotter. – Es mag schon an etliche Jahr' her sein, ich hab' zur Zeit just geheiratet. Laß ich mir beim Kreuzschneider, den hast du auch nicht mehr gesehen, die Bräutigamsjoppe machen und wie ich sie an den Leib tu', sehe ich, daß die Saumnähte nicht gesteppt sind, wie es damals halt bei den besseren Leuten der Brauch gewesen. – Alter Haderlump! hab' ich gesagt zum Schneider, die verpfuscht' Joppen kannst selber tragen, ich nicht! und hau sie ihm hart um den Kopf. Hau, auf das hat er mich zwei Tag' einnähen lassen. Mein Gewand hab' ich mir nachher bei einem Stadtschneider bestellt."

„Und tragst sie doch, die Joppen“, bemerkte der Veitel.

„Freilich trag’ ich sie!“ lachte der Fabian. „Der Kreuzschneider hat sie an den Höfler verkauft, und wie ich arm worden bin, hat er sie mir geschenkt. An etliche Jahr trag ich jetzt die neue Joppen schon. Ist gewiß wahr!“

„Bist aber nicht gescheit!“ sagte der Veitel.

„Ich sag’ dir noch was“, fuhr der Alte fort. „Mein Weib ist auch zu brav und zu gut gewesen. Da hab’ ich halt alleweil an ihr herumgehetzt, und nichts recht, und immer geschrien und geflucht, völlig so wie du’s heute machst. Ich hab’ heut’ eine andere im Haus, ein höllisches Dracherl, wie die Leut’ sagen, der ist an mir nichts recht, schreit und flucht und hetzt mit mir – und jetzt ist’s gut. Ich bin mäuserlstill und leb’ ganz zufrieden.

Einmal ist mir kein Berg hoch genug gewest zum Klettern, heut’ bin ich zu tausend froh, wenn ich den Feldrain herauf kann. Einmal hab’ ich die steinstarksten, wildesten Burschen aufgesucht, daß ich mit ihnen ringe; heut’ bin ich zufrieden, wenn mich unser Zickel daheim nicht über den Haufen tritt. Einmal hab’ ich mit tausend Gulden nicht genug gehabt, hab’ mich Tag und Nacht müssen plagen, bis das Geld verspielt und versoffen gewesen; heut’, wenn mir vom Opferstock für die Armen, der in der Pfarrkirche steht, ein paar Groschen zukommen, bin ich schon über und über ein wohlhabender Mann. Und mein großer, schöner Wald, den ich hab’ gehabt: Was ist er wert? Und alleweil nur: was gibt er Geld? Heut’ steht bei meiner Hütten ein einziges Bäumel, ist mir lieber wie vorher der ganze

Wald. Und das ist auch schon wahr, daß mir jetzt eine Schüssel Mehlbrei besser schmeckt wie in früherer Zeit der Schweinsbraten mit Salat. Einmal hab' ich ein Federbett gehabt; mein Gott und Herr, heut' schlafe ich besser auf einer Holzbank wie dazumal im Federbett. Ein einziger Floh hat mich zur selbigen Zeit wildmachen können, daß ich die ganze Bettstatt in Trümmer geschlagen; jetzt hält sich allerlei kleine Einwohnerschaft bei mir auf; ich laß ihnen die Freud' und rühr' mich nicht."

„Ist ja gut", sagte der Veitel, „wenn es einer so weit bringt, daß er alles geduldig leiden kann."

„Leiden?" versetzte der Alte. „Wer sagt denn was vom Leiden? Ich g'spür's nicht. Es tut halt nicht mehr so weh wie vorzeit, ist richtig wahr! Zum Krempel auch die Krankheiten! Vorzeit hat mich ein dummes Zahnweh schon rasend gemacht, jetzt kann ich oft stundenlang schier keinen Atem kriegen — mach' mir nicht viel draus. Was hab' ich mich nicht geängstigt, wie ich einmal eine Augenentzündung gehabt! Schwache Augen kriegen, das hab' ich immer fürs größte Unglück gehalten. Heut' sehe ich nicht mehr viel und weiß, in ein paar Jahren, wenn ich's erleb', werd' ich ganz blind sein — ich mach' mir desweg keine große Sorge. Mit anderen Leibeswerkzeugen ist's auch so, von Jahr zu Jahr werden sie schwächer, das Gehör verläßt mich, das Gedächtnis nimmt ab, das Herz wird matt. Heut' kann ich noch ein wenig so schwatzen; währt nicht mehr lang', so kann ich auch das nicht mehr, bin ein altes, unsauberes Kind, dem sie wieder den Zutzel ins Maul stecken können. Wohl, wohl, so geht's, und so kommen hübsch nach und nach, daß einer nicht zu sehr schrockig wird, alle Verbrechen des Alters und ersticken, möchte ich sagen, die Seele, bis der Mensch wieder ein Patzen Lehm geworden ist."

„Geh, bist nicht gscheit, daß du dir alles so ausdenkst!" meinte der Veitel. „Wenn ich ans Altwerden denk', da wird mir ganz übel."

„Übel? Gelt, und alt werden willst doch!" rief der Fabian und Sebastian mit einem hohlen Lacher. „Und hast ganz recht, bis hin kommt auch dein Mittagsmahl."

„Narr, wenn es aber so schauderhaft elend ist, das Alter!"

„Was ist elend? Das Alter? Wer sagt denn das?" fragte der Alte. „Für den jungen Menschen freilich schaut das Alter ganz unerträglich aus, weil halt der alte Mensch nichts mehr tun kann von dem, was dem jungen lustig ist. Das wär' freilich ein Elend. Mußt aber betrachten, Nachbar, daß es den Alten gemeiniglich auch gar nicht mehr freut, so wie ein Junger zu leben, daß er lieber tut, was dem Alter paßt. Deswegen ist das Alter lange nicht so schlimm, wie sich's der junge Mensch vorstellt. Kommt einmal eine gute Stund', wo die Altersmühsal nicht drückt, nachher ist sie weit glückseliger als ein ganzes Frühjahr in der Jugendzeit; ich sag' dir's. So wird der Mensch, so wird er. Ja freilich, und Sitzen und Rasten und das Hinträumen und das Genügsamsein ist frei nicht so übel. Keine Sorgen und keine Hoffnung, wenig Freud' und wenig Leid —"

„Viel Leid, mußt sagen, viel Leid!“ unterbrach der Veitel.

„Viel Leid, glaubst?“ sagte der Alte noch einmal. „Kannst es denn gar nicht verstehen? Freilich, wohl viel Leid, wenn man's so scharf tät spüren wie in junger Zeit; aber das lebt sich so schön langsam ab, und just so natürlich und gesund wie das Aufwaschen geht das Welken und Abdorren her; ist richtig wahr. In junger Zeit, wenn einer stirbt, das ist wie ein Gemordetwerden; in alten Tagen nimmt man's nicht einmal recht wahr, wie das Lichtl nach und nach auslischt. Und deswegen tät ich halt meinen, ist es ein Glück für den Menschen, wenn er alt wird, er lebt sich ordentlich aus und es tut ihm das Loslösen von der Welt nicht so weh wie dem jungen Springer, dem der Tod jäh das Leben abschneidet.“

So sprach der Greis. Da blickte ihn der Veitel ein Weilchen an, nahm die Pfeife aus dem Munde und sagte: „Fabian und Sebastian, schau, du bist gar nicht so dumm.“

„Es gibt noch Dümmere“, sagte der Alte mit Hast, „es gibt noch Dümmere. Du bleibst auch nicht so, Veitel, wie du heute bist.“

Der Bauer horchte hin; er wußte nicht recht, wie er die letzte Rede deuten sollte. Er deutete auch nicht weiter, denn es kam das Mittagsmahl. Ein halberwachsenes Mädel brachte in einem Zwillingstopf Suppe mit Knödeln, Sauerkraut und Rauchfleisch, daneben noch Brot und einen Krug Apfelwein. Der Veitel machte sich aus dem Erdboden einen Tisch und lud den alten Fabian und Sebastian zum Essen ein. Dem war es recht.

„Mußt ja einen Wolfshunger haben“, sagte der Veitel.

„Wolfshunger, sagst? Na, das nit. Der Hunger ist just nie gar groß, aber mögen tu' ich auch alleweil was“, antwortete der Alte.

Da nur einfaches Eßzeug da war, so aß der Fabian mit dem Löffel die Suppe, während der Veitel mit der Gabel die Knödel spießte und dann mit der Gabel Kraut, während der andere mit dem Löffel die Fleischstücke zum Munde trug. Das ist zwischen der Jugend und dem Alter auch eine Teilung der Arbeit.

Während des Mahles bemerkte der Veitel auf dem Nachbarsfeld einen Mann, der mit dem Spaten Kartoffeln anhäufelte.

„Dem seine Erdäpfel möchte ich nicht essen, wenn sie zeitig sind“, meinte der Veitel.

„Was sagst? Dem seine Erdäpfel? Warum?“

„Mit derselben Schaufel, mit der er heut' Erdäpfel eingräbt, hat er gestern Leute eingegraben und tut's morgen wieder. – Ist ja der Zenz.“

„Der Totengräber?“ fragte der Fabian und Sebastian. „Erdäpfel eingraben tut er heut', weil sonst niemand gestorben ist? Schau du, da mach' ich dir ein Gleichnis. Im Kirchgarten tut er auch nichts anderes als Erdäpfel anhäufeln. Richtig wahr, es ist ein Spaß. Es ist ein großer Spaß auf der Welt, hi, hi!“

Der Veitel schauerte zusammen: „Mir gruselt's kalt über den Rücken, als ob mir einer beim Genick Erbsen hinabgeschüttet hätte.“

„Erbsen meinst? Oh, die sind gut."

„Ich mag vom Sterben nichts hören", schrie der Veitel dem Alten ins Ohr.

„Nicht? Nachher mußt du dich unter die Erden legen. Auf der Erden hörst du jeden Tag davon."

„Fabian und Sebastian", sagte nun der Veitel, „jetzt möcht ich schon wissen, wie alt du bist."

„Wie alt, sagst? Na, an etlich Jahr schon."

„Du hast ja Familie, soviel ich weiß."

„Gehabt, mein lieber Veitel, gehabt. Alles schon im Erdäpfelgarten. Wohl, wohl, gewiß auch noch. Es kommt mir oft recht wunderlich für, daß ich der erste und letzte bin. Sein tut's gerade wie am Abend nach einem langen Sommertag: viel heißer Sonnenschein und Wolken und Gewittersturm – und darauf der ruhsame Abend. Wird finster, wie's licht worden ist. – In Gottes Namen!"

„Ja, ja, so geht's auf der Welt", sagte der Bauer Veitel, „und jetzt muß ich wieder zu meinen Steinen."

„Zu deinen Steinen, sagst. Und ich bin Freiherr!" rief der Alte lustig aus. „Ich brauch' nichts mehr zu tun, nichts mehr zu kümmern, nichts mehr zu fürchten, mir kann so leicht nichts mehr bei, denn warum? Ich bin nichts und hab' nichts. Schau du, so weit muß man's bringen auf der Welt. Schön Dank' fürs Essen, zahlen wird's der Obere."

Nach diesem Gespräch ging der Veitel zu seiner Arbeit, mußte aber noch eine Weile denken an die Reden des alten Fabian und Sebastian. Dieser siffelte wieder an seinem Feldrain und schaute und horchte ins Grüne und Blaue hinaus, ohne viel zu sehen und zu hören. Jetzt kam der Zenz von seinem Kartoffelhäufeln zurück und ging an dem Alten vorüber. – Dieser verdächtige Zenz! Alle meine Leute hat er angebaut, mich selber, den alten Mann in der Bräutigamjoppe, läßt er heraußen liegen wie ein Samenkorn, das verdorren muß.

Nein, guter Fabian und Sebastian, so ist es nicht. Du wirst auch dein Bettlein kriegen, einstweilen sollst du noch den süßen Frieden dieser schönen Welt genießen; früher, so lange du jung, gesund und reich gewesen, hattest du ja doch keine Zeit dazu gehabt.

Am letzten Tage

„Seid vollkommen ruhig, Frau Margareta, es ist einstweilen noch gar keine Gefahr. Nur muß er sich schonen; daher ist es gut, daß Ihr jemanden in seiner Nähe haltet."

„Ihr nehmt mir einen Stein vom Herzen, Doktor, ich danke Euch tausendmal."

„Behüte Euch Gott, liebe Frau, ich komme schon wieder nachsehen."

Der Doktor schritt aus dem Hause und dem Apfelbaum zu, neben dessen Schatten ein betagter Mann saß. Der hatte Augen, die noch gütig auf die Welt blickten, aber müde.

„Ich danke Euch, Doktor", sagte dieser Mann mit beklommenem Atem, „ich danke Euch für den Trost, den Ihr meiner guten Margareta gespendet habt. Mit mir müßt Ihr aber aufrichtiger sein. Mir nützt kein Trost und schadet keine Wahrheit mehr. Einer, der achtundsiebzig Jahre lang in der Schule war, um das Sterben zu lernen, glaubt es mir, der hat's auch gelernt. Unruhig macht mich nur die Ungewißheit, ob es morgen sein wird oder heute oder später. Ihr wißt das, Doktor, Ihr habt diese alte Maschine gründlich geprüft und ich sehe Euch's an — mein altes Auge ist gewohnt worden, anderem ins Innere zu schauen — Ihr seid im reinen, Ihr entkommt mir nicht."

„Wollt Ihr Euch nicht in den Schatten setzen, Herr Oberrichter?" sagte der Doktor. „Es ist sehr schwül und ich glaube, daß das Wetter umschlagen wird."

„Ja“, antwortete der Greis, „es wird ganz recht sein, wir haben schon lange keinen Regen mehr gehabt.“

„Besonders die Kohlpflanzen sind mitgenommen.“

„Die Kohlpflanzen und die alten Leute. Gut, sprechen wir vom Wetter; von meinem, Doktor, ganz recht. Ihr glaubt, daß es umschlagen wird? Ich glaube es auch. Nur sagt mir offen — denkt, mit einem alten Mann spricht sich's in dieser Sache ganz anders als mit jungen Leuten — sagt mir offen, wie lange es mit mir noch dauern wird.“

„Ihr sollt Euch nicht aufregen, Herr Oberrichter.“

„Freund“, entgegnete der Greis und langte seine Hand hin, „überzeugt Euch, ob in diesem Augenblicke mein Puls auch nur um einen Schlag rascher läuft als sonst. Ich habe in meinem Amte manchen Zeugen inquiriert, von dessen Aussage das Schicksal eines Angeklagten abhing, und ich habe ihn mit größerer Unruhe und Angst befragt, als ich Euch jetzt befrage —“

„Ich weiß es ja“, unterbrach ihn der Doktor, „es würde ein Mißkennen Eures Wesens sein, wollte man annehmen, daß Ihr in Euren Jahren nicht vollständig auf das Letzte gefaßt wäret. Der Natur Eures Leidens nach vermag ich leider — Herr Oberrichter — nichts anderes zu sagen, als daß es sich im besten Falle nur mehr um Tage handeln kann.“

„Ich danke Euch, Freund“, sprach hierauf der Greis und atmete auf. „So wäre diese Sache abgetan. Kommt nur noch ein paarmal zu mir herüber, daß wir mitsammen ein bißchen plaudern können. Nicht wahr, nun erlaubt Ihr mir doch wieder das Sprechen? Es schadet nicht.“

Etwas wie Heiterkeit lag auf dem alten Antlitze, durch dessen Aschengrau ein leichtes Rot schimmerte.

„Wohl tut's doch, wenn man seine Finger in eine warme Hand legen kann", lächelte er, da sie sich die Hände drückten.

Als der Doktor fort war, kam Frau Margareta heran und rief dem Greise zu: „Na, schau, Alterchen, ich hab's ja immer gesagt, es ist nichts. Aber recht gescheit, daß du dich einmal in den Schatten gesetzt hast."

„Freilich, Margareta, in der Sonne ist's mir viel zu heiß geworden." Sein inneres Frösteln verbarg er; wäre jetzt doch wieder lieber in der Sonnenwärme gesessen.

„Wo der Hans ist?" fragte der Kranke nun, „den bekommt man den ganzen Tag nicht zu sehen."

„Der kommt dir jetzt nicht", berichtete die Frau, „er schläft."

„Ein alter Faulenzer. Wenn er wach wird, ich laß ihn bitten. Ihr anderen geht nur, euch mag ich nicht; ich will meinen Hans haben. – Noch eins, Frau Grete, komm herbei – recht herbei. So. Sag, wie war das nur dazumal? Du gabst mir den Spaten in die Hand."

„Welchen Spaten?"

„Du hättest es schon vergessen? Es war ja erst vor kurzem. Du gabst mir den Spaten in die Hand; ich pflanzte das Apfelbäumchen ein und sagte – was sagte ich nur gleich?"

„Gott richte mich auf der Stelle, wenn ich weiß, wovon du redest!"

„Wenn wir einmal alt geworden sind, Gretchen, so werden wir unter diesem Baume sitzen und friedsam ins Land hinausschauen und werden Enkel haben – ja, so habe ich gesagt, weiter ließ mich das Gretchen nicht reden; wie die Enkel kamen, hat sie mir rasch den Mund verstopft. Man weiß ja, wie Weiber das anfangen, wenn sie ihre Männer zum Schweigen bringen wollen."

„Böses Alterchen du!" sagte Frau Margareta und küßte ihn auf den Mund.

„Richtig, so war's. – Jetzt ist die Zeit da, von der wir dazumal gesprochen haben. Aber der Unterschied, Weib, wenn man ein Menschenleben mit jungen oder mit alten Augen anschaut! Junge Augen sehen es lang, alte sehen es kurz. Nu, 's ist schon recht so." Er blickte auf ihre glatten, sorglich gelegten Haare, die nach deutscher Frauenart gekämmt und gebunden im Silberglanze schimmerten. „Hast dich wieder fein gemacht, Gretchen! Es ist mir nicht mehr der Zeit wert, sonst wollte ich dich deines Verhaltens wegen sehr zur Rede stellen. Ich sah es gestern wieder, wie traulich du mit diesem Menschen umgehst. Seit der im Hause ist, muß ich für meinen Teil jeden Kuß vom Gretchen erzwingen. Geh nur zu ihm, du brennst ja doch schon wieder, ihn mit deinen Liebkosungen zu wecken; geh, ich will mit dir nichts mehr zu schaffen haben!"

Sie nannte ihn einen alten Schelm, herzte und küßte ihn und freute sich seines Humors.

Als sie fort war, wurde der Oberrichter ernst und murmelte: „Oh, über die nichtigen Späße, um die Gute zu täuschen. Wie gerne möchte ich sie um mich haben, aber meine

Stimmung würde sie stutzig machen und zum Scherze habe ich keine Ursache. – 's ist wohl doch ein anderes, mein alter Oberrichter, ob man's weiß, oder ob man's nicht weiß. Man glaubt es nicht. – Gottlob, daß ich mein Haus bestellt habe! Sie werden in der Lade alles finden, und ich brauche kein Wort darüber zu sagen. Das macht's bequem. Ich begreife nicht, daß sich so wenig Menschen entschließen können, in ihren gesunden Tagen die Verhältnisse ihres Hauses zu ordnen, für eine Zeit, da sie nicht mehr sein werden. Ich ziehe es vor, nach meinem Tode noch fortzuleben. Über allem, was ich geschaffen und erworben habe, wird mein Willen walten, wenn mein Leib schon Staub ist. Mit dem Blatte Papier, das ich in meiner Lade verschließe, halte ich einen Teil der Zukunft in meiner Hand, den mir der Tod nicht entwinden wird. Die Meinen werden in dem Epilog zu meinem Leben, der sich neben den praktischen Bestimmungen findet, sehen, wie vorbereitet und gefaßt ich seit Jahren auf mein Ende war; das wird die Herbheit ihres Schmerzens mildern. So wäre ich anderen gegenüber fertig. Mit mir nun – –. Ei, da kommt Hans, mein Nebenbuhler, dem ich das Feld räumen muß ganz und gar. – Mein Herz ist voll, mich drückt es wie ein Laster, daß ich vor meinem Weibe ein Geheimnis habe; ihm sage ich alles, er wird mich nicht verraten. – – Hänschen, ei, so komme doch zu Großvatern!"

Das erst dreijährige Knäblein trippelte mit ausgebreiteten Armen auf den Alten zu. Seine Goldlocken wehten keck um das muntere Gesichtchen, seine Äuglein waren hell wie das junge Leben, seine Wangen rot wie die süße Freude.

„Wie sich das Alter und die Jugend liebhaben!“ rief der Greis und schloß das Kind in seine Arme. „Schade, Hans, daß du noch so klein bist und nicht Platz hast für zwei Seelen. – Die meine, wisse, die zieht jetzt aus, der alten schlechten Wohnung wegen, aber sie weiß noch kein Quartier.“

Der Knabe blickte ihm mit Befremden ins Gesicht, er hatte bisher den Großvater noch nicht weinen gesehen. „Nun, Kind, wie steht’s mit deinem Drachen?“

„Großvater, der ist fort, ganz in den Himmel hinaufgeflogen!“ berichtete der Kleine und hob sein Händchen, um die Höhe anzudeuten, in die das Spielzeug dahingeflogen war.

„In den Himmel hinauf“, wiederholte der Greis gedankenvoll für sich, „ja, das wird schon der rechte Weg sein für alles von materieller Last und Erdensorge Befreite. – Komm, Hans, noch einmal auf dein Reitpferd da, ehe sie es absatteln.“ Er hob den Kleinen aufs Knie. „Du wirst grau werden und Millionen Menschen begegnen – wer sie zählen könnte, die uns durchs Leben unterwegs kommen in Generationen! – Dein Großvater, dieser da, dieser Alte mit dem weißen Kopf, der dir solch zwei Reitpferde hält, die ihn selber nimmer tragen wollen, der wird dir dein Leben lang nicht mehr in den Weg kommen. Vielleicht, daß du dir in fernen Tagen einmal die Stirne reibst, als ob du dich doch noch erinnern müßtest, wie er ausgesehen hat, der kleine, gebückte Alte, als er unter dem Apfelbaume saß. Kann dir's nicht versprechen, ob ich dir im Kopfe bleiben werde. Schaue mich jetzt noch einmal gut an."

„Und ich werde dann Oberrichter, gelt, Großvater?"

„Wem, der in dieses Leben eintritt, steht's an der Stirne geschrieben, ob er der Richter werden wird oder der Gerichtete! – O Kind meines Kindes, möchten die Lüfte dieses Sommertages mein Wort bewahren und es dir mit dem lebendigen Klange der trauten Menschenstimme zurufen können, bis du es verstehen wirst – es sei da im Luftlärm der Welt, es sei da in schwüler Nacht, wenn die Versuchung nach Bösem zu streben dich anschleicht. – Ich habe erfahren, wie es auf Erden zugeht, doch was wir Alten erlebt, es bleibt trotz der Sprache, in der wir es mitzuteilen bestrebt sind, ein Geheimnis, das unenthüllt mit unserem Leibe die Erde wieder an sich zieht. Du kannst von mir nichts erfahren, du mußt es selber leben. – Ich habe den Krieg, den Hunger und die Pest gesehen. Zittere nicht davor, mein Kind. Aber ich habe die Schuld gesehen, sie ist hart an mich herangetreten in ihren ungeheuerlichsten Gestalten. Und im Grunde waren es Menschen wie ich, und einst so schuldlos wie du. Das, Kind, ist das Schreckliche. Es ist schwer möglich, daß ein Richter die Achtung vor dem Menschen bewahrt; ich war begnadet, mir blieb sogar die Liebe für ihn. Im Gerichtssaale sah ich die Hölle, aber daheim an meinem Herd, bei Weib und Kind in einem Zauberkreise des Schönen, wie es hohe Menschen erschaffen und gedacht haben, fand ich den Himmel. Was dazwischen liegt – zwischen solchem Himmel und der Verbrecherbank dort – das ist nicht der Mühe wert, daß man es beachtet. Und doch verzünden die Menschen in ungeheurer Mehrzahl ihren Geist, vertropfen ihr Herzblut an diesem Nichtigen. Sie sind in einen Bann getan, verseufzen ihr Leben vor den Schmerzen des Körpers, vergällen ihr Dasein mit Vorurteilen, deren Gründe nichtiger sind als das armselige Spielzeug eines lallenden Kindes. Unzählige Irrlichter zucken auf in ihrem Leben, da eins, heißt Geld, dort eins, nennt sich Ehre, hier eins, flackert in vielen Gestalten, ein Sinnenreiz. Und wenn sie einst dort stehen, wo ich heute stehe, am letzten Tage, dann sind die Gebilde verblaßt wie Glühwürmer im Morgenrot. Aufrecht aber als finsterer Genosse steht die Schuld, die sich der Unselige gesellt hat, und zur Seite bleibt dem Glücklichen die Liebe der Seinen, deren er sich wert gemacht.

Liebes, junges Wesen, das du jetzt wie eine Knospe an morschem Pfahle rankest: öffne dich nicht vor dem Schimmer der Irrwische, die auf den Sümpfen dieser Erde flakkern, öffne dich vor dem Strahle der Sonne, die am Himmel steht. Das Ideal, du wirst es nirgends auf deinen Straßen verkörpert finden, aber es wird die Straßen dir erhellen und einst, am letzten Tage, da die Welt sich vor dir wie Nebel auflöst, wird dich an der Eingangspforte der Ewigkeit das Anbild deines Sehnens erwarten.“ –

Der Greis war erschöpft. Der Knabe glitt vom Knie und lief einer Meise nach, die über den Anger hüpfte. Vogel und Knabe verloren sich in den Büschen. Der Tag war so sommerlich, in der Ferne standen die blauen Berge, und sonnige Wölklein standen darüber in stiller Ruh'. –

„Ja, altes Menschenkind", fuhr der Oberrichter zu sich selbst fort, „so nimmt's seinen Lauf. Hat's dich leid um diese Welt? Du hattest dich ganz leidlich hineingelebt. In deinem Körper wußtest du Bescheid, er war bequem eingerichtet und vermochte das Bessere aus Erd' und Himmel hübsch an sich zu ziehen. Es war eine sinnreiche Anstalt zum Genusse all dessen, was da ist. Nun geht's damit zu Ende. Das, woran andere hängen, verlasse ich leicht. Wer mitten im Troß ist, der nimmt's für bitteren Ernst; wer dort steht, wo ich jetzt stehe, der übersieht's, es ist ein Seifenblasenspiel ausgelassener Kinder – sonst nichts. Die meisten verderben und sterben mitten im Taumel, ohne auch nur ein einziges Mal geahnt zu haben, daß sie Menschen waren. – Ich gehe gern von ihnen. Nur um das Sonnenlicht möchte ich weinen, um all die Lieblichkeiten der Natur, aus denen ich jetzt versinke; um die treuen Herzen, die ihr Leben auf das meine gestellt und die nun wanken werden. Nach kurzen Tagen, und sie werden mir gefolgt sein, aber auf ihrem einsinkenden Grabeshügel werden wieder andere Leben wanken. Alles fällt der Erde zu. – Alles? ... Hans, was ist dir passiert?"

Der Kleine kam schluchzend heran; in der Hand hatte er eine weiße Rose, die sich zu färben begann vom Blut, das aus seinem Fingerchen rieselte. Er hatte sich an der Hecke einen Dorn ins Fleisch gestoßen. Der Greis zog den Knaben an sich und sah die rotgefärbten Blätter an.

„Ich will noch einmal schauen, wie Blut aussieht."

Dann zog er den Dorn aus der Hand, und um den weinenden Knaben zu zerstreuen, begann er das Spiel, indem er, vom Kleinfinger ausgehend, alle fünf abzählte:

„Der Kleine ist ins Wasser gefallen –
Der Schöne hat ihn herausgezogen –
Der Lange hat ihn heimgetragen –
Der Starke hat ihn ins Bett gelegt –
Der Dicke hat ihn zugedeckt."

Hans lachte unter seinen Tränen auf und rief: „Noch einmal, Großvater!"

Dieser begann: „Der Kleine ist ins Wasser gefallen – Der Schöne hat ihn – – – laß mich, Kind – müde . . ."

Der Knabe fand im Grase ein rotes, schwarzbesterntes Liebfrauenkäferchen, das fing er und stellte es jubelnd auf das Haupt des Greises. Das Tierchen lief mit Hast über die Stirne und fiel auf die Bank hinab, daß es, auf dem Rücken liegend, mit seinen schwarzen Füßen krabbelte.

Der kleine Hans hüpfte noch eine Weile auf dem Rasen herum, schlich dann ins Haus. Frau Margareta, die eben in der Bienenkammer bei der Honigläuterung beschäftigt war, fragte ihn, was Großvater mache.

„Er schläft."

Sie ließ den Honigtopf stehen und ging hinaus. Sie fand ihn – schlafend.

Eine Hummel summte über dem stillen Haupte.

Lieferbare Werke Peter Roseggers

Die Älpler, 270 Seiten, Ln.
Als ich noch der Waldbauernbub war, 256 Seiten, Ln.
Das ewige Licht, 300 Seiten, Ln.
Die Försterbuben, 208 Seiten, Ln.
Die Schriften des Waldschulmeisters, 294 Seiten, Ln.
Erdsegen, 256 Seiten, Ln.
Heidepeters Gabriel, 234 Seiten, Ln.
Jakob der Letzte, 226 Seiten, Ln.
Mein Weltleben, 248 Seiten, Ln.
Volksleben in Steiermark – Das Haus, 189 Seiten, Ln.
Volksleben in Steiermark – Das Jahr, 266 Seiten, Ln.
Waldheimat, 508 Seiten, Ln.
Wanderungen in der Waldheimat, 240 Seiten, Ln.
Das Buch von den Kleinen, 240 Seiten, Ln.
Das große Peter Rosegger Hausbuch mit vielen Geschichten, Erzählungen, Gedichten, Fotos und Illustrationen, 448 Seiten, Ln.
Als ich zum Pfluge kam, 254 Seiten, Ln.
Mein Himmelreich, 144 Seiten, Ln.
Abelsberger Chronik, 240 Seiten, Ln.
Novellen I, 240 Seiten, Ln.
Novellen II, 240 Seiten, Ln.
Novellen III, 240 Seiten, Ln.
Der Gottsucher, 384 Seiten, Ln.
Der Schelm aus den Alpen, 240 Seiten, Ln.
Weihnachtsgeschichten, 176 Seiten
Tiergeschichten, 176 Seiten
Schmunzelgeschichten, 176 Seiten
Zither und Hackbrett, 176 Seiten

Weitere Neuauflagen in Vorbereitung

L. STAACKMANN VERLAG KG · MÜNCHEN
ÖSTERREICHISCHER AGRARVERLAG · WIEN